Multimillonario Intrépido

LA OBSESIÓN DEL MULTIMILLONARIO
Zane

J. S. SCOTT

Multimillonario Intrépido
La Obsesión del Multimillonario ~ Zane

Traducción: Marta Molina Rodríguez
Edición y corrección de texto: Isa Jones
Diseño de cubierta: Lori Jackson

ISBN-13: 978-1-946660-86-2 (libro electrónico)
ISBN-13: 978-1-946660-87-9 (edición impresa)

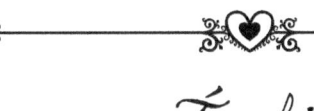

Índice

Prólogo

Hace siete meses...

«Ay, Dios mío. ¡No puede ser! Mi dulce Chloe, no», dijo Ellie Winters para sus adentros con un susurro grave y urgente. Estaba sola en el consultorio médico donde trabajaba, de modo que ni un alma oyó su voz atormentada. Estaba horrorizada por los videos que acababa de mirar en la computadora de James por accidente, mientras buscaba un archivo que le había pedido su jefe, el doctor.

Era un documento médico lo que buscaba al principio, algo que James le había pedido que le imprimiera. Se había distraído al ver un icono llamado «Videos de Chloe», y fue incapaz de resistirse a mirar lo que supuso eran unas alegres imágenes de su mejor amiga, a pesar de saber que estaba haciendo clic en algo que probablemente no debía mirar.

Se había esperado ver unas tomas felices de su amiga, una Chloe sonriente que, francamente, Ellie no veía desde hacía tiempo. Últimamente su compañera andaba muy distraída y más nerviosa de lo común. Ellie desearía saber el porqué. Chloe Colter era una de esas personas dulces y amables por naturaleza.

Por desgracia, las escenas no eran dichosas; los videos eran terroríficos. Ellie apenas llevaba una semana trabajando para el prometido de Chloe, el doctor. Era exigente, pero lo que acababa de ver le hizo darse cuenta de que James era mucho más que el típico imbécil. ¡Era pura maldad!

Lloraba a mares cuando cerró sesión en la computadora y la desenchufó, a sabiendas de que tenía que llegar a Chloe lo antes posible. «Debo hablar con ella. No puede casarse con él. ¿Por qué demonios sigue comprometida con él? ¡Ese cabrón tendría que estar en la cárcel!», pensó Ellie, enfadada consigo misma por no haber indagado antes sobre por qué Chloe se veía tan distinta desde que volviera a Rocky Springs. Había supuesto que su amiga estaba distraída, ajustándose a volver a casa después de pasar tanto tiempo lejos para hacerse veterinaria equina. Quizás estuviera estresada por sus próximas nupcias con James. Casarse y planear una boda era estresante, ¿verdad? Especialmente cuando Chloe estaba intentando establecerse profesionalmente.

«Hay muchísimo más detrás de esta historia que no entiendo. Tengo que hablar con Chloe y averiguar por qué oculta que James es un maltratador», pensó con un feroz sentimiento protector revoloteándole en el estómago al recordar todas las veces en que Chloe había saltado en su defensa en sus veintitantos años de amistad. ¿Cuántas veces se había ofrecido a ayudarla a salir de la pobreza cuando eran niñas? Ellie ya había perdido la cuenta, como tampoco recordaba cuántas veces le había puesto la comida la familia de Chloe cuando su madre tenía que trabajar o Chloe le había regalado ropa y zapatos alegando que no le valían y que quería que los tuviera ella.

«Chloe y su madre han hecho tantas cosas por mí a lo largo de los años», pensó Ellie atragantándose con un sollozo de pena, resuelta a asegurarse de que su mejor amiga no terminara con el mismísimo diablo por marido. Chloe se merecía el esposo más increíble que existiera.

«¿Por qué? ¿Por qué oculta lo que le está haciendo James?». Ellie no tenía respuestas, pero las averiguaría. Sacaría a Chloe de la relación a rastras si era necesario antes que quedarse mirando y de brazos cruzados como dama de honor mientras su amiga era condenada a cadena perpetua con Satanás.

Recogió su bolso frenéticamente, lista para dirigirse a casa de Chloe. Había sopesado llamarla por teléfono, pero tenía que enfrentarse a ella en persona. No tenía ninguna duda de que Chloe no sabía nada acerca de los videos y probablemente se horrorizaría cuando los viera.

Chloe Colter era su mejor amiga desde la escuela primaria y Ellie sabía que los gritos aterrorizados de dolor y agonía en el video no eran una especie de juego sexual morboso. Chloe estaba traumatizada, asustada y suplicaba a James que parase.

Pero el imbécil no lo hizo. ¿A qué clase de juego enfermizo estaba jugando y cómo se había visto envuelta Chloe en eso? ¿Por qué no se había alejado de él sin más? Después de todo, era una Colter y no necesitaba a ningún hombre. Chloe era rica y lo bastante formada como para dirigir su propia vida. Además, tenía cuatro hermanos mayores que le habrían partido la cara a James de haberse enterado de lo que le había hecho. Y el mayor interrogante era por qué no había hecho que lo persiguiera la policía. Tenía que haber una explicación, pero el motivo se le escapaba con las prisas por salir de la consulta.

El ruido de alguien sacudiendo el pomo de la puerta delantera del despacho, cerrada con llave, hizo que Ellie entrara en pánico. Se abrazó a la computadora y salió corriendo desde detrás del escritorio, con el corazón desbocado cuando la puerta se entreabrió.

No miró para ver quién entraba. Solo unas cuantas personas tenían la llave y Ellie era una de ellas. Aunque fuera el personal de la limpieza, no iba a arriesgarse a averiguarlo. Lo único que se le ocurrió fue salir disparada hacia la puerta trasera, llegar a su auto y salir pitando a por Chloe.

—¡Ellie!

Escuchar el bramido de James desde la recepción hizo que se le triplicara el ritmo cardiaco y corrió a toda velocidad hacia la salida trasera.

«Solo tengo que llegar al auto. Solo tengo que llegar hasta Chloe». Oía los pasos pesados de James golpeando con fuerza por el pasillo a sus espaldas, pero siguió corriendo, la respiración entrecortada por el pánico al apretar la barra de la salida trasera para salir disparada por la puerta de metal sin dudarlo.

Odiándose por haberse puesto tacones aquella mañana, siguió corriendo tan rápido como le permitían los zapatos, abrazándose el portátil contra el cuerpo como si su vida dependiera de este. Casi había llegado a su pequeño auto económico, vehículo que había apodado la *Tortuga Azul* porque, aunque era lento, seguía moviéndose, cuando el cuerpo de James chocó con el suyo. Ambos cayeron al suelo, pero, por desgracia, él la atrapó con el cuerpo contra el frío hormigón.

—Quítate de encima. —Su voz era un siseo sin aliento mientras forcejeaba para zafarse de él.

—¿¿Huye con mi computadora por alguna razón, Srta. Winters? —preguntó James mientras le rodeaba el cuello con el brazo.

—Voy a trabajar desde casa esta noche —respondió. Era una excusa mala, pero fue la única que se le ocurrió. Chloe siempre había dicho que era una mentirosa malísima. No importaba lo que adujera, dudaba que James lo creyera puesto que huía de él, que solo le había pedido que encontrara e imprimiera un documento.

—Has mirado los videos —la acusó en tono amenazante—. Ibas derechita a Chloe. Puta metiche. Te pedí que hicieras una cosa en la computadora y tenías que mirar cosas que no estaban destinadas a ser vistas ni por ti ni por nadie más. Ahora, no. Vas a arruinarlo todo. Me alegro de haber vuelto cuando me di cuenta de que tal vez no te ocuparas de tus propios asuntos.

«No deberías dejar cosas que no quieres que sean vistas en una computadora accesible para nadie excepto para ti, imbécil», pensó Ellie. Era adicta a las series de suspense y era evidente que James era lo bastante descuidado o estaba lo bastante loco como para no habérsele ocurrido antes la posibilidad de que los viera. Al sentir que su brazo empezaba a estrangularla, estuvo casi segura de que era lo segundo.

—¿Por qué estás intentando hacer daño a Chloe? —preguntó, dejando de fingir en su búsqueda de respuestas—. Ella nunca te haría algo así. Te quiere. —El hecho de que le importara un monstruo como

James hizo que se le revolviera el estómago. El cabrón ni siquiera merecía estar en la misma habitación que Chloe.

—Claro que me quiere —gruñó James—. Vamos a casarnos y nadie va a impedírmelo. Por fin recibiré lo que merezco.

Ellie deseó que recibiera lo que se merecía realmente: unas esposas y una celda en la cárcel durante el resto de su vida. Era obvio que James creía que tenía derecho a la parte de la fortuna Colter que correspondía a Chloe, una riqueza inmensa.

—Te mereces estar en la cárcel —jadeó con el poco aire que podía aspirar.

—¡Cállate! Vamos a levantarnos. ¡Tengo una pistola y, si haces el menor ruido, te juro que te mato! —rugió peligrosamente.

Ellie no se cuestionó si James cumpliría su amenaza. Después de ver cómo había tratado a Chloe, no dudaba que fuera capaz de prácticamente cualquier cosa.

La levantó de un tirón y Ellie no tardó en ver el destello del acero a la luz tenue del aparcamiento vacío. Claramente, James tenía un arma y estaba dispuesto a utilizarla. Ellie sopesó chillar tan alto como pudiera, pero dudaba que fuera a servir de nada excepto para que la silenciara permanentemente. Decidió que, si no quería acabar muerta, tendría que esperar el momento para escapar. Lo que ocurrió después arruinó su plan.

—Le dije a Chloe que eras una inútil. No tienes ningún valor para ella. Tu familia es pobre y tú eres pobre. ¡Solo te contraté para cerrarle la boca! —exclamó James en tono peligroso, justo antes de tomar impulso con el brazo y darle un puñetazo en la cara.

El dolor le atravesó la cabeza al recibir el golpe. Mareada por la tunda brutal, Ellie fue incapaz de resistirse mientras él la conducía hasta su auto, aparcado al otro extremo del aparcamiento.

Cuando la arrojó contra el vehículo, ella habló por fin, preguntándose con desesperación si iba a matarla, aunque no había gritado.

—James, tú no quieres hacer esto. ¿Qué pasa con Chloe? ¿Y con tu carrera? Detente ahora y no diré nada. Solo deja que me vaya a casa. —Empezó a mentir como una bellaca para que la dejara marchar.

—¿Piensas que soy tan estúpido como para creerme eso? —le preguntó James subiendo el tono cada vez más, con una voz de loco que empezaba a hacer que Ellie se muriera de miedo.

«Va a matarme», pensó al reconocer la pérdida de la cordura en su tono. James le arrancó el portátil y el bolso y los arrojó al asiento trasero del vehículo antes de empujarla hacia el maletero. En el momento en que oyó abrirse la cerradura, Ellie empezó a debatirse por su vida. Se acabó el razonar con James. No más suplicarle que la dejara marchar. Luchó contra él con todas sus fuerzas, intentando arañarle los ojos y lanzarle un rodillazo a la entrepierna, pero él era más fuerte. Finalmente, Ellie empezó a gritar con la certeza de que, si James conseguía meterla en el maletero de su auto, era mujer muerta.

—¡Cállate ya! —gruñó él en tono amenazante, agarrándole la cola de caballo y tirando tan fuerte que a Ellie se le saltaron las lágrimas.

«No voy a ponérselo fácil ni loca». Aterrizó con el trasero sobre la superficie dura del maletero, pero extendió los brazos intentando impedirle que lo cerrara, confinándola en un ataúd provisional. «No va a dejarme vivir», comprendió.

—¡Nooo! ¡Que alguien me ayude! ¡Por favor! —Ellie no dejaba de gritar, ya no le importaba la advertencia de James, pero nadie acudió en su ayuda. Otro puñetazo despiadado en la cabeza la silenció e hizo que su mundo se sumiera en las tinieblas.

Con Ellie inconsciente e incapaz de seguir resistiéndose, James cerró el maletero y se metió en el auto para alejarse al volante en la noche con el cuerpo de la mejor amiga de Chloe, ahora inerte, oculto y encerrado en la oscuridad.

Capítulo 1

En el presente…

—¿Dónde demonios está? —masculló Zane Colter airadamente mientras manejaba su todoterreno deportivo Bentley por otra pendiente tierra alejada de la carretera que lo conduciría a otra cabaña en el inhóspito paraje.

¿Cuántos días llevaba buscando? Un día había llevado al siguiente, pero Zane estaba tan concentrado en su misión que en realidad no se había molestado en hacer nada excepto mantenerse hidratado.

Se sentía agradecido por haber comprado el nuevo todoterreno uno o dos meses antes. Nevaba con fuerza en aquellas altitudes y conducía a una velocidad más que temeraria por las carreteras de montaña resbaladizas. Sabía que manejaba demasiado rápido para las condiciones meteorológicas, que empeoraban con celeridad. El problema era que estaba desesperándose. Sabía en qué zona estaba Ellie por las muestras de tierra que había tomado de un viejo par de zapatos de James y, posteriormente, de las suelas de las llantas de una camioneta antigua aparcada en su garaje. Después de encontrar un pedazo marchito de una flor poco común en casa de aquel cabrón, tuvo un presentimiento y tomó las muestras de tierra. Su intuición dio buenos resultados después de un intenso análisis, determinando las únicas zonas donde podía crecer esa flor y la tierra que necesitaba para medrar. La tierra que recogió confirmó sus sospechas.

Zane dudaba que James condujera esa vieja camioneta para nada aparte de desplazamientos por montaña. Los zapatos eran viejos y estaban desgastados; un cabrón superficial como James no se los pondría excepto en lugares embarrados donde no fuera a ser visto. Después de relacionar la tierra y la flor marchita, Zane tenía una idea bastante clara del lugar donde podría estar oculta Ellie. Pero su búsqueda por las cabañas y fincas en las inmediaciones no sacó a relucir ninguna que perteneciera a James, así que Zane tuvo que suponer que era un lugar que no estaba a su nombre.

—¿Dónde puñetas la ha escondido? ¡Maldita sea, Dios! —gruñó al golpear el volante con la mano, frustrado, consciente de que se le agotaba el tiempo. Lo más probable era que encontrara un cadáver en lugar de rescatar a Ellie.

«Eso no va a ocurrir», se dijo. Se sacó de la cabeza la posibilidad de que Ellie estuviera muerta y continuó hacia una pequeña cabaña, monte arriba siguiendo el camino de tierra prácticamente inexistente por el que ascendía en ese momento. Secándose el sudor de la frente con la mano mientras se mesaba el pelo enojado, salió con destreza de una curva en el hielo y la nieve con una mano hasta volver a ascender por la pendiente empinada. «Pronto voy a tener que enfrentarme a la realidad; he comprobado casi todas las cabañas y casas de esta zona sin la menor suerte».

Zane no tenía ni idea de cuánto tiempo había pasado desde que durmió. Había estado investigando la tierra que había encontrado para después trabajar en localizar zonas que investigar. Estaba agotado, pero tenía un reloj haciéndole tic-tac en la cabeza. Si James había mantenido a Ellie con vida, probablemente se estuviera quedando sin comida y agua. James estaba muerto y había estado incapacitado antes de acabar con su vida. Ella llevaba demasiado tiempo sola.

«No puedo dejar de buscar. Le prometí a Chloe que no lo haría. No pararé hasta encontrarla», se dijo. Sacudió la cabeza distraídamente, consciente de que era una buena excusa para seguir allí, a la intemperie, buscándola, pero su perseverancia obstinada no se debía únicamente a que Ellie fuera la mejor amiga de su hermana pequeña. El instinto le carcomía y no había dejado de hacerlo.

Comprendía a Ellie lo bastante bien como para saber que, de haber podido escapar, lo habría hecho. Algunas personas aseguraban que era una chica tranquila, pero él había visto lo mandona que podía ser cuando eran niños. De adolescente, no había cambiado. Nunca había tenido ningún problema para dar su opinión. No con él.

Sinceramente, nunca le había molestado su deseo obsesivo de organizarlo todo. De hecho, le gustaba un poco, porque él no era precisamente ordenado en su vida privada. Nunca lo había sido. Con respecto a su trabajo como científico era meticuloso, pero todo lo demás se iba al carajo fuera del laboratorio. A decir verdad, siempre le había fascinado la manera en que Ellie compaginaba un montón de cosas a la vez y se ocupaba de todas ellas ordenadamente. Siempre había sido así, incluso de adolescente.

Zane podía reconocerse a sí mismo que en el instituto le gustaba Ellie. Pero ser la mejor amiga de su hermana pequeña, Chloe, la había dejado en una zona vedada para cualquier cosa aparte de una amistad cuando se hicieron adultos. En el instituto era demasiado pequeña y estaba demasiado unida a su familia. Por no mencionar el hecho de que él era tan torpe socialmente en el instituto que no habría tenido huevos para invitarla a salir, aunque no hubiera sido demasiado pequeña. Pero también le gustaba como amiga y seguía teniéndole cariño, a pesar de que la había visto muy poco después de graduarse del instituto. Él marchó a la universidad y no volvió a vivir en Rocky Springs permanentemente. Gimió al detenerse junto a la cabaña que había estado buscando.

—¡Mierda! Parece un lugar de temporada.

Aunque la cabaña estaba en condiciones, no parecía propiedad de un médico. Era diminuta y más bien tenía aspecto de ser una cabaña de caza o pesca. Había nieve apilada contra la puerta y no parecía que hubiera habido nadie allí desde que cayera la primera nevada. Copos blancos volaron y cayeron por doquier cuando bajó de su auto de un salto sin molestarse en cerrarlo con llave. Nadie iba a subir a aquella cabaña alejada de la carretera en plena ventisca. Anduvo trabajosamente por la nieve amontonada y la apartó de la puerta delantera con los pies mientras giraba el pomo para entrar. Descubrió que estaba cerrada con llave. Enojado y resuelto a no dejar piedra sin remover, apoyó el hombro contra la puerta hasta que el débil cerrojo cedió y después la abrió de un empujón.

—¡Ellie! —vociferó, aunque la casa era tan pequeña que probablemente no necesitaba gritar.

Avanzó por la pequeña cabaña con el salón a un lado y la cocina en dirección opuesta. Inspeccionó el baño diminuto antes de detenerse súbitamente delante de la puerta del único dormitorio de la casa. Se le tensó el cuerpo al ver una figura prácticamente irreconocible encadenada en la esquina, acurrucada en posición fetal, completamente desnuda.

—¡Joder! —profirió la palabrota al entrar en la habitación y acuclillarse junto a la mujer, sin saber si estaba viva o muerta. Le apartó el pelo mugriento de la cara—. ¿Ellie? —preguntó en tono dubitativo, palpándole el cuello en busca de pulso mientras la sangre le hervía en las venas al ver las heridas y cortes mal curados en su cuerpo, rostro y extremidades.

Había un orinal junto a ella, pero evidentemente al final le habían faltado fuerzas para utilizarlo. Todas sus extremidades estaban encadenadas con pesado metal, dándole muy poca movilidad. Había una jarra de agua y una bolsa de plástico vacías en el rincón.

Zane no recibió respuesta, pero el corazón comenzó a acelerársele cuando encontró su pulso débil. Salió corriendo a la cocina, donde encontró un vaso de agua y lo llenó, increíblemente agradecido de que la casa tuviera plomería.

No prestó atención al olor nauseabundo que desprendía la joven cuando la acunó entre sus brazos, obligándola a incorporarse.

—¿Ellie? Abre los ojos por mí. Necesitas agua. Estás deshidratada.

Estaba mucho más que deshidratada. Estaba desnutrida. Pero Zane tenía que resolver los problemas uno a uno. Ellie solía ser una mujer con curvas. Ahora no tenía carne en los huesos. Le llevó el vaso a los labios, inclinándolo lentamente. Sus ojos parpadearon, pero no se abrieron. Zane esperaba que aún tuviera reflejo deglutorio. Lo último que quería era que aspirase.

—Traga por mí, Ellie. ¡Vamos! —La observó mientras vertía el agua a gotas en su boca, aliviado al ver que los músculos de su cuello hacían bajar el líquido débilmente. Ellie necesitaba comida, pero Zane siguió intentando hidratarla antes de terminar yendo a la cocina en busca de algo, lo que fuera, que ella pudiera tragar. Antes de empezar a revolver los armarios, recordó que tenía bebidas proteínicas y otras bebidas en el todoterreno que la ayudarían a reponer los electrolitos que le faltaban.

—Es mejor que beba líquidos —se dijo distraídamente al regresar al interior de la cabaña con las provisiones y las herramientas que necesitaba, antes de emprender la misión de hidratar y alimentar a Ellie.

Tenía que ir despacio, lo cual lo enojaba enormemente. Quería darle todo lo que no había tenido y que su cuerpo prácticamente inerte volviera a la vida. Quería a Ellie de vuelta y no importaba cuánto le costase, la vería sonriendo y completa, aunque fuera lo último que hiciera. «No me rendiré. Nunca me rendiré», se juró a sí mismo.

Le tomó cierto tiempo liberarla de sus grilletes de acero con las herramientas que tenía en el auto y no cesó de maldecir con violencia mientras la liberaba. De no haber muerto ya el cabrón de James, Zane lo habría matado sin el menor remordimiento.

Después de haberle administrado a Ellie todo lo que se atrevía a darle en una toma, la levantó del suelo frío en volandas. «¡Dios!», pensó aterrado al darse cuenta de lo liviana que era. Agachando la cabeza al doblar la esquina, entró en el baño con la esperanza de que hubiera agua caliente. Abrió los grifos de la ducha, aliviado cuando por fin manó agua tibia.

Acostándola en el suelo con delicadeza, se quitó su propia ropa rápidamente y la levantó de nuevo para meterse en la ducha con ella. La cabaña proporcionaba algo de calor, pero seguía estando gélida. Ellie no tenía carne en los huesos que la protegiera de yacer en el suelo frío. Tenía que empezar despacio y delicadamente, haciendo que su cuerpo entrara en calor poco a poco.

Utilizó una botella de jabón líquido que había encontrado en la ducha para frotarle el cuello y el cabello hasta que estuvo limpia de nuevo. Un débil gemido escapó de sus labios, dándole aún más esperanzas de que tarde o temprano recobraría la consciencia. Ellie se estremeció en sus brazos, otra buena señal. Hacer que entrara en calor lentamente empezaba a elevarle la temperatura corporal.

Frustrado, Zane sabía que no iba a poder llevarla a un centro médico de ninguna manera debido a la ventisca que rugía en el exterior de la cabaña. Si sucedía algo en el camino de vuelta desde el bosque remoto, ella no sobreviviría. Él era médico. Cierto, se dedicaba a la investigación, pero no es como si no hubiera estudiado Medicina en la universidad. Como Zane era académicamente dotado, se había licenciado rápidamente y después se centró en la biotecnología. Pero sabía lo que tenía que hacer, lo que ella necesitaba en ese preciso momento. Por desgracia, tenía muy pocos recursos o equipo para proporcionarle toda la ayuda que necesitaba.

Cerró el agua y los secó a ambos lo mejor que pudo con las toallas raídas del baño. Seguidamente, llevó a Ellie a la única cama de la casa, que le había sido negada debido a su reclusión. Al retirar la colcha, se sintió aliviado de que las sábanas tuvieran aspecto relativamente limpio y la arropó con estas y una manta. Se sentó junto a ella e intentó peinarle el largo cabello con los dedos. Ellie tenía un pelo rubio claro precioso y Zane empezaba a volver a verle los mechones claros ahora que estaba limpio. Apartándole el cabello de la cara, estuvo a punto de perder los estribos al ver las heridas y cortes mal curados en su piel.

Había examinado a Ellie mientras la lavaba y no había visto ninguna lesión potencialmente fatal, pero lo enojaba sobremanera que James la hubiera tocado siquiera.

Zane se levantó y se puso a limpiar el desastre de la esquina; fregó el suelo y se deshizo de las cadenas y del orinal. Cuando hubo terminado, envolvió su cuerpo desnudo con una manta, se puso las botas y salió corriendo a su todoterreno, de donde tomó la bolsa con ropa de repuesto que siempre llevaba en el portamaletas.

Se vistió con la ropa de repuesto que le quedaba, deseando tener algo más que ponerle a Ellie aparte de la camisa de franela doblada en la bolsa. Después de ponérsela, le administró un poco más de líquido y seguidamente rebuscó por la pequeña morada, intentando encontrar algo útil. Se encontró el bolso de Ellie en uno de los armarios, pero no vio señales de su ropa. Zane dejó su ropa sucia en el fregadero y las lavó a mano para después colgarla a secar en el baño. No creía que fuera a necesitarla, porque planeaba bajar a Ellie de la montaña muy pronto. Era la inquietud lo que le impedía detenerse.

Encontró unas provisiones básicas, en su mayoría productos en conserva, pero al menos había algo. Puesto que el anticuado sistema de calefacción proporcionaba muy poco calor, cargó la vieja estufa con leña apilada contra la pared y encendió un fuego que prendió en seguida. Cerró la puerta de metal, aliviado de que el viejo pedazo de chatarra funcionara. La cabaña era tan pequeña que debería bastar para mantener caliente el reducido espacio.

Después de hurgar en todos los armarios, Zane caminaba de un lado para otro desde el dormitorio hasta la pequeña ventana junto a la puerta, deseando que dejara de nevar de una puñetera vez. «Ellie necesita mucho más de lo que yo puedo hacer por ella ahora mismo. Necesita una vía de suero y alimento, radiografías y análisis», pensó. Sabía que estaba mal, pero no tenía ni idea de si estaba peor de lo que podía ver al mirarla y examinarla superficialmente.

Por desgracia, la ventisca seguía bramando y se sentía frustrado por poder hacer tan poco excepto seguir dándole todo lo que podía a Ellie a intervalos que no llenaran demasiado su estómago encogido. La ayudaba a tragar un poco más de alimento. Después andaba de un lado para otro. Volvía a hacerlo. Andaba nuevamente. No cesó de intentar utilizar el celular, pero estaba en una zona sin cobertura y no quería dejar a Ellie para intentar encontrar un lugar donde pudiera captar la señal. Era más que probable que no hubiera ninguno en las inmediaciones. Estaba casi seguro de que aquella zona montañosa desolada se encontraba fuera de la red.

Cuando empezó a oscurecer, encendió un antiguo generador que les proporcionaría algo de luz. Seguidamente, alimentó la estufa voraz con un poco más de leña, percatándose de que el diminuto refugio ya estaba más caldeado. Al volver a sentarse en la cama para incorporar a Ellie y hacer que bebiera un poco más, se entusiasmó al ver que tragaba con más ganas.

—Vamos, Ellie, solo un poquito más —canturreó intentando persuadirla para que tomara unos tragos más.

Ella obedeció y Zane posó la taza en una mesilla rústica pequeña.

—¿Zane? —Su voz débil era apenas un susurro, pero él la oyó.

De inmediato, giró la cabeza hacia Ellie con el corazón palpitante al verla parpadear antes de abrir los ojos por completo.

Una mirada de horror cruzó su rostro durante un instante hasta que centró la vista en él.

—¿Zane? —volvió a preguntar vacilante, el susurro aterrado y asustado.

—Sí. Soy yo, Ellie. Soy Zane —dijo acariciándole el pelo con una mano delicada—. Estás a salvo. No tengas miedo —explicó. «¡Dios!», odiaba ver esa mirada de terror en su rostro.

—James —susurró ella con voz áspera.

Zane le puso los dedos sobre los labios.

—No intentes hablar. James está muerto. Nunca podrá volver a hacerte daño. Tienes que descansar, Ellie. He estado intentando rehidratarte. Estás bastante débil y tengo que llevarte al hospital. Hace un tiempo de mierda. Solo descansa hasta que pueda sacarte de aquí, ¿de acuerdo?

Ella asintió débilmente, como si lo comprendiera, y se le cerraron los ojos. Zane fue a levantarse de la cama, pero Ellie dijo en voz baja:

—No te vayas, Zane. Por favor. Creo que estoy alucinando, pero quiero que dure.

Quitándose las botas de una patada, este giró sobre sus talones y extendió el cuerpo junto al de Ellie.

—No estás soñando y el que yo esté aquí no es una ilusión. James está muerto y no volverá nunca. No puedo bajarte de la montaña ahora mismo. Estamos en plena ventisca. Pero te llevaré a salvo lo antes posible.

La abrazó con delicadeza y apoyó la cabeza de Ellie sobre su pecho, acariciándole rítmicamente el cabello, ahora seco.

—Creo que ya estoy a salvo —dijo ella dubitativa, acurrucándose contra su cuerpo.

—Y que lo digas. No dejaré que te pase nada, Ellie. Te lo prometo.

Ella suspiró ligeramente y, entonces, su respiración se volvió profunda y regular. Zane sabía que estaba durmiendo, no inconsciente.

Una oleada de alivio lo invadió a medida que su cuerpo se relajaba. Abrazó a Ellie en gesto protector, meciendo su cuerpo suavemente en un esfuerzo por reconfortarla, aunque quizás también fuera un poco para sí mismo, porque se sentía condenadamente agradecido de que estuviera viva. Finalmente, con Ellie segura y calentita, acurrucada contra él, Zane durmió.

Capítulo 2

E llie abrió los ojos, confusa. «¿Dónde estoy? ¿Qué ha pasado?», se preguntó. «¡James!».

El pánico se hizo presa de ella mientras miraba a su alrededor, aterrorizada de que fuera el regreso de James a la cabaña lo que la había despertado. El miedo y el pavor le agarrotaban la garganta, pero se percató de que ya no tenía la boca seca como el desierto.

Con el pulso desbocado y la respiración errática, la reacción de Ellie era de puro terror. Frenética, empezó a mirar a su alrededor con la esperanza de que no hubiera nadie allí. Excepto que ya no estaba en la cabaña. Su mente racional comenzó a funcionar y poco a poco intentó asimilar lo que la rodeaba. No tardó en darse cuenta de que estaba en el hospital, con el personal médico apurándose a su alrededor y cruzando la puerta abierta al pasillo a un paso que la hacía marearse.

Las sábanas blancas y las mantas que la cubrían la ayudaron a comprobar su ubicación, al igual que la vía intravenosa en su brazo y los cables unidos a su cuerpo. Empezó a sentir una oleada de terror levantándose en su interior, sin comprender por qué estaba allí ni cómo había llegado a un hospital, cuando oyó su voz.

—¡Joder, menos mal que estás despierta!

Levantó la cabeza de golpe para ver a un Zane Colter con aspecto exhausto junto a su cama, con la ropa arrugada y el pelo revuelto, como si hubiera estado mesándoselo una y otra vez.

Se confirmaron sus sospechas cuando Zane volvió a revolverse el cabello, o bien de alivio o bien de frustración. A veces era difícil saber lo que estaba pensando. Pero, estoico o no, Ellie se alegraba de que estuviera allí y sintió su cuerpo relajarse por primera vez desde hacía mucho tiempo.

—¿Qué ha pasado? –preguntó con una voz tan débil como su cuerpo—. ¿Cómo he llegado aquí?

—¿No te acuerdas de nada? —preguntó Zane con el ceño fruncido.

Ellie intentó hacer memoria; recordaba vagamente haber oír la voz de Zane diciéndole que todo saldría bien.

—Creí que eras un sueño.

—Dudo ser el sueño de nadie —dijo Zane en tono seco.

De pronto, Ellie recordó cómo había acabado en aquel estado para empezar, su mente inundada por un aluvión de recuerdos horribles mientras se incorporaba en la cama con gran esfuerzo.

—Ay, Dios. Tengo que hablar con Chloe. James…

Zane la empujó suavemente para que se recostara. Ellie no tenía fuerzas para moverse realmente, mucho menos para sentarse.

—…está muerto. —Zane terminó la frase—. Se suicidó, Ellie. Antes de eso, estuvo en el hospital porque fue lo bastante estúpido como para hacer daño a nuestra hermana. Por eso no tenías comida ni agua. Estabas en muy mal estado cuando por fin te encontré en esa cabaña.

—Chloe…

—Mi hermana pequeña está de luna de miel. Se casó con Gabe Walker, un hombre que cuidará bien de ella.

A Ellie, la cabeza le daba vueltas cuando Zane terminó de ponerla al día de lo que le había ocurrido a Chloe y de cómo la había extorsionado James. Ellie se había perdido gran parte de lo ocurrido mientras este la mantenía prisionera.

—Gracias a Dios —susurró Ellie dejando caer la cabeza sobre la almohada—. Cuando miré aquellos videos, tuve mucho miedo por ella.

—¿Él sabía que estabas enterada?

Ellie asintió.

—Me pilló con su computadora. Iba en camino a ver a Chloe cuando me secuestró en la consulta y me arrojó en el portamaletas de su auto.

—¡Santo Dios! —maldijo Zane con vehemencia.

—Estuve inconsciente durante un tiempo, así que no sabía lo lejos que había conducido James. Ni siquiera sabía exactamente dónde me tenía oculta. Lo único que sabía era que estaba en una especie de cabaña y supuse que estaba en un lugar remoto. No logré averiguar por qué no me mató sin más.

—Por el seguro —gruñó Zane—. No me cabe duda de que después de la boda habría dejado de importarle si vivías o morías.

—¿Todo el mundo creyó que estaba muerta? —preguntó ella en voz baja.

—Más o menos —convino—. Pero Chloe y yo no dejamos de buscarte en ningún momento. Como tu coche había desaparecido, la mayoría supuso que o te habías marchado o ya estabas muerta.

Ellie se estremeció. Su pobre *Tortuga Azul* estaba en el aparcamiento de la consulta. Evidentemente, James se había desecho de él.

—Creo que estaba medio muerta. Al final no estaba segura de si quería que James volviera o que solo me dejase morir —dijo. Sus visitas no habían sido frecuentes, pero siempre fueron atroces.

—No digas eso —respondió Zane con voz áspera—. Sé que te propinó tremendas palizas. ¿Te violó, Ellie?

—No —respondió ella, avergonzada—. Al principio estaba demasiado gorda para él y creo que disfrutaba más torturándome. Cuando hube adelgazado, me dijo que era una cerda sucia y asquerosa.

Zane le acarició el cabello distraídamente.

—Siento muchísimo no haberte encontrado antes.

Ellie suspiró.

—Llamaba a mi auto *Tortuga Azul*. Lo tenía desde hacía muchísimo tiempo, pero seguía funcionando. Solo se volvió un poco más lento con el paso del tiempo.

—No lo encontraron —confirmó Zane.

—Supongo que me trajiste aquí cuando me encontraste. ¿Dónde estamos?

—En Denver. Estaba más cerca y tiene instalaciones médicas mejor equipadas para el estado en que te encontrabas. Hice lo que pude la primera noche durante la ventisca, pero cuando seguías sin mostrarte coherente al día siguiente, bajé del monte. La nieve había amainado un poco y tenía que aprovechar la oportunidad de llevarte a algún sitio para que recibieras tratamiento.

—Perdí la noción del tiempo. ¿Cuánto tiempo me tuvo allí James?

—Ellie había perdido el juicio poco a poco y los días y las noches se sucedían.

—Unos siete meses —respondió Zane renuentemente.

Ellie se quedó boquiabierta de la conmoción. Durante un tiempo, contó los días y las semanas que pasaban, pero acabó durmiendo la mayor parte del tiempo cuando James no estaba allí. Después de haber intentado todo lo que se le ocurrió para liberarse, se desvanecieron sus esperanzas de ser rescatada. Poco a poco, se le agotó la energía y empezó a racionar la comida y el agua, sin saber en ningún momento cuándo conseguiría más o si llegaría a hacerlo.

—Mi madre. Probablemente se le haya partido el corazón. —Si llevaba meses desaparecida, sin duda su pobre madre estaría preocupada.

—La he llamado. Decir que se alegró sería decir poco. Está en camino desde Montana. —Zane esperó un momento antes de preguntar—: ¿Quieres que se lo diga a Chloe?

—No —respondió ella de inmediato—. Se merece su tiempo fuera después de lo ocurrido con James. Parece que está recuperándose. Puedo verla cuando vuelva. Espero estar mejor cuando la vea por fin.

Ellie no necesitaba un espejo para saber que tenía un aspecto espantoso y lo último que quería era que Chloe se culpara. Ahora que conocía toda la historia, sabía que su amiga había sufrido bastante. Aunque necesitaba desesperadamente a su mejor amiga, no quería que la viera así. Conociendo a Chloe, se culparía.

—No les hemos dicho nada. Chloe ni siquiera sabe que James está muerto. Tengo la sensación de que Blake probablemente se lo haya contado a Gabe. —Zane sonaba ligeramente incómodo—. Pero creo que quizás ella se enoje por no decirle que te he encontrado.

—Probablemente sea mejor así, aunque se enfade un poco. Le diré que fue idea mía. Cuando se encuentre más cabal, podrá lidiar mejor con todo. Tal vez no proteste tanto si estoy más fuerte.

—Creo que se sentirá mejor sabiendo que estás viva —respondió Zane en tono seco.

—Aún no, por favor. —Ellie conocía a Chloe y se le partiría el corazón si la viera así ahora mismo, demacrada y destrozada por las frecuentes palizas de James. No quería que su mejor amiga la viera en el estado en que se encontraba, no cuando la propia Chloe había sufrido tanto.

—Deja de preocuparte por Chloe. Está mucho mejor que tú ahora mismo. ¿Tú necesitas algo? —preguntó Zane dubitativo, con aspecto impaciente, como si necesitara ocuparse en algo.

Ellie iba a necesitar muchas cosas, pero se negaba a pensar en eso ahora mismo.

—No. ¿Cuánto tiempo llevo aquí?

—Dos días —respondió él bruscamente.

—No me acuerdo —reconoció, incapaz de recordar su traslado al hospital.

—Es totalmente comprensible —le informó Zane–. Estabas confusa debido a la deshidratación. Por suerte, no debería haber secuelas permanentes cuando te hayas curado completamente. Ahora que estás recibiendo lo que necesitas, todo se arreglará. Tardarás un poco en subir de peso y necesitas tiempo para recuperarte de la debilidad, pero todo es reversible.

Ellie se percató de que Zane parecía completamente agotado. Tenía el gesto cansado, los ojos inyectados en sangre y ojeras bajo sus expresivos ojos grises.

–¿Has dormido? Tienes una casa aquí, en Denver, ¿verdad? Quizás deberías irte a casa y descansar un poco. —Incluso a medida que pronunciaba aquellas palabras, le dio un vuelco el corazón ante la idea de que la dejara sola. Racionalmente, sabía que estaba fuera de peligro, pero egoístamente quería que Zane se quedara con ella un ratito más.

—¿De verdad crees que me voy a ir a ninguna parte? ¡Dios! Levanté casi todo Colorado buscándote. No me voy —dijo obstinadamente, cruzándose de brazos.

—Entonces, por lo menos, duerme esta noche —dijo Ellie. Miró por la ventana y se percató de que había oscurecido. Había una cama adicional en la habitación, junto a la suya.

—No me puedo creer que estés preocupada por mí. Dios, Ellie. Casi te mueres y has pasado siete meses encadenada. Que me ayuden a mí no es una prioridad, caramba.

Ellie sabía que, si empezaba a revivir los últimos meses, acabaría echa un desastre.

—A veces, es más fácil no pensar en ello. Ahora estoy aquí. Estoy viva. Y todo gracias a ti. Estoy recibiendo buenos cuidados, consciente y hablando. No hay razón por la que no debas descansar.

—Me tumbaré cuando vuelvas a dormirte. Tengo la sensación de que no tardarás.

A Ellie ya le pesaban los párpados, pero luchaba contra el acogedor vacío de la oscuridad, donde sabía que olvidaría lo ocurrido de momento.

—¿Cuándo puedo volver a casa?

—Cuando los médicos digan que es seguro —respondió Zane con irritación.

—Ni siquiera sé si todavía tengo casa. No tengo auto. No tengo trabajo. —Empezó a hiperventilar al pensar en todo lo que había perdido. Estaba arruinada antes de aceptar el trabajo con James y ni siquiera había trabajado allí el tiempo suficiente como para recibir su primera nómina.

—Ahora, no te preocupes por nada de eso —ordenó Zane con firmeza—. Todo se solucionará. Puedes venir a casa conmigo. No habrás recobrado del todo las fuerzas cuando salgas de aquí y todavía tienes lesiones que han de sanar y deficiencias nutricionales.

Ellie levantó el mentón.

—Puedo cuidar de mí misma. —Lo último que necesitaba era la lástima de Zane.

—¿Vas a ser obstinada aun después de todo lo que ha ocurrido? ¿No puedes aceptar un poco de ayuda de tus amigos?

—Tal vez no tenga elección —reconoció Ellie. No sabía si su apartamento seguía siendo suyo, no tenía una fuente de ingresos y ni siquiera tenía medio de transporte para solicitar empleo.

—Por lo que a mí respecta, no tienes opciones. Te voy a llevar a casa conmigo, aunque tenga que cargarte a cuestas y arrastrarte hasta allí. Necesitas ayuda y, después de lo ocurrido, no te quiero fuera de mi vista.

«¿Amigos?», se preguntó ella. ¿Realmente eran amigos ella y Zane? Sí, en el instituto habría dicho que lo eran, aunque también estuvo seriamente prendada de él. Pero solo lo había visto un par de veces desde entonces y no habían hablado demasiado. En realidad, era el hermano de su mejor amiga y nada más que un chico por el que había estado encaprichada en sus primeros años de secundaria. No tenía razón por la que pegársele como una lapa. Sin embargo, resultaba evidente que le importaba lo que le ocurriera.

—Me alegro de que estés aquí —confesó Ellie—. Me siento un poco perdida. —De hecho, se sentía bastante perdida, pero no quería reconocerlo. Como estaba débil físicamente, los obstáculos que afrontaba parecían abrumadores. Psicológicamente, se veía casi incapaz de no sentir pánico por su futuro.

—Algún día, tendrás que lidiar con lo que te ha pasado. Pero ese día no es hoy. Necesitas descansar y recuperarte. Estaré aquí. No me voy a ninguna parte —le dijo con tenacidad.

Ellie se estremeció, temiendo el momento en que tendría que lidiar con su encierro y con el recuerdo de nunca saber si la próxima vez que James fuera a la cabaña le llevaría provisiones o se limitaría a acabar con ella. Sentía como si tuviera pesas en los párpados, así que renunció a luchar por quedarse despierta y los cerró.

—Algún día —susurró , preguntándose si alguna vez sería lo bastante fuerte como para hablar realmente de sus experiencias, cuando olvidar parecía mucho más fácil.

—Duérmete, Ellie —dijo Zane con una voz grave e hipnótica, estirando la mano para estrechar la suya. La apretó con fuerza. El primer instinto de esta fue apartarse de su roce, ya que todo contacto humano en los últimos siete meses le había provocado dolor. Finalmente, la delicadeza de su gesto reconfortante hizo que se relajara de nuevo. Consolándose con el hecho de que Zane estaba cerca, se durmió.

Ellie pasó mucho tiempo durmiendo durante los días siguientes. Su madre fue a verla y tuvieron un reencuentro muy feliz, pero corto, ya que esta tenía un negocio que dirigir con su marido de vuelta en Montana. A sabiendas de que su única progenitora había vivido en carne propia pobreza más que suficiente en el pasado, lo último que quería Ellie era que su suplicio obligara a su madre a volver a vivir dificultades económicas. Su madre seguía viviendo al día en el aspecto económico, sin tener nunca la certeza de cuánto dinero sacaría el negocio aquel mes. Pero Ellie se alegraba de que tuviera un hogar cálido donde dormir, comida en la mesa y un marido que la amaba. Por fin, su madre era feliz y ella no quería hacer nada que pudiera arrebatarle esa alegría.

Aileen, la matriarca del clan Colter, era una visita frecuente, al igual que Tate y Lara Colter, el hermano pequeño de Chloe y su esposa. La cuñada de Chloe estaba organizando sesiones de terapia para Ellie con la misma terapeuta que le había recomendado a Chloe, la doctora Natalie Townson. Al parecer, era una de las mejores psicólogas del mundo para mujeres víctimas de violencia doméstica.

Ellie no estaba segura de cuán *doméstica* era su experiencia, más bien de violencia machista o de género, pero sin duda había sido violenta y traumática. Incluso ahora, podía ver el rostro malvado de James, oír sus palabras duras y brutales abriéndose paso a empujones en su mente, y recordar sus fuertes golpes. Era difícil cerrar los ojos sin verlo y recordarlo todo. Poco a poco, su tiempo como prisionera estaba volviéndole a la memoria. Las imágenes eran vívidas en ocasiones, tan reales que le costaba convencerse de que estaba a salvo.

A veces, deseaba que los recuerdos se hubieran quedado ocultos o vagos en su mente, pero estaba recordándolo, le gustara o no. Recientemente, sus pesadillas se habían vuelto tan intensas que se despertaba aterrorizada y jadeante. Por suerte, nunca había hecho mucho ruido durante sus malos sueños, porque Zane no se había despertado a pesar de dormir en la otra cama de su habitación todas las noches.

Algunas noches, quería extender el brazo hacia él, pero se contenía. Siempre había cuidado de sí misma. Tal vez el dinero fuera escaso, pero se las había apañado, tanto emocional como físicamente. Era importante que volviera a ser lo que era antes: una mujer autosuficiente que estaba bien sola. Eso significaba que tenía que aprender a lidiar con sus propios problemas, incluso las pesadillas.

Durante los días ajetreados de visitas y tratamientos en el hospital, Ellie comía como una mujer que había estado privada de alimento durante meses. Empezó despacio y finalmente progresó hasta comer alimentos sólidos; estaba hambrienta constantemente. Por desgracia, la comida del hospital dejaba mucho que desear, pero se comía hasta el último bocado, con el recuerdo del miedo a la inanición acechándola aún.

La presencia constante de Zane era lo único que la hacía sentirse segura. Siempre andaba cerca, siempre presente. Dormía en la cama contigua a la suya y su compañía protectora aliviaba parte de ese miedo que sentía cuando se despertaba súbitamente, aterrorizada. Solo verlo en una cama a su lado bastaba para calmarla.

«No puedo aferrarme a él. No puedo acostumbrarme a que esté cerca», se dijo. Suspiró mientras apagaba su lector Kindle, un regalo de Zane para impedir que se volviera loca de tanto reposo y lo dejó junto a la cama. Había sido un día tranquilo. Su madre había vuelto a Montana y nadie había ido a verla todavía. Incluso Zane estaba ausente, lo cual resultaba extraño. «No puedo esperar que se quede aquí sentado y haciéndome de niñero toda la vida. Es un hombre importante con una empresa muy grande que dirigir», pensó.

Justo cuando se le pasaba aquel pensamiento por la cabeza, Zane entró por la puerta y la cerró tras de sí.

—¿Qué es eso? —preguntó señalando con la cabeza hacia la enorme bolsa en sus brazos.

—Contrabando —respondió él con una sonrisa poco habitual—. Los dos sabemos que la comida de hospital está malísima.

A Ellie se le cortó la respiración al ver una mirada traviesa atravesando su rostro irresistiblemente guapo. Cuando Zane sonreía, era prácticamente infeccioso. Al menos para ella. Siempre estaba tan serio que su expresión traviesa hizo que el corazón le diera saltitos en el pecho y una sensación cálida se extendiera por todo su cuerpo.

Ellie observó mientras Zane sacaba varios recipientes grandes de comida china, algo de comida basura y, por último, una bolsa de sus bombones preferidos. Sacó unos platos de papel de la bolsa y llenó uno antes de ponerlo delante de ella con los cubiertos de plástico.

—Come —insistió mientras dejaba los bombones junto a su plato, sacaba un refresco y se lo abría.

El olor de la comida oriental le hizo la boca agua. La comida china era su favorita.

—¿Cómo lo has sabido? —Había pedido sus platos preferidos.

Zane dudó antes de responder.

—Tú y Chloe solíais ir por comida china a menudo. Supuse que te gustaba.

—¿Y los bombones? —También eran sus preferidos y no los compraba a menudo porque eran caros.

Él se encogió de hombros.

—Es chocolate, ¿verdad? Te gusta el chocolate. Al menos te gustaba cuando éramos más jóvenes.

Ellie estaba convencida de que era su mente científica lo que le había llevado a hacer un par de conjeturas muy acertadas.

—También son mis favoritos. Gracias. —Incapaz de seguir esperando su primera comida decente desde hacía meses, Ellie tomó el tenedor y se preparó a hincarle el diente—. Al menos no tendré que sentirme culpable por comer un montón de carbohidratos y chocolate.

Zane la miró con el ceño fruncido.

—¿Por qué ibas a sentir eso?

Ella puso los ojos en blanco.

—Antes estaba gorda, Zane. Si sigo comiendo así, recuperaré todo ese peso.

—Bien. Nunca estuviste gorda. Come —insistió él.

Sí había tenido sobrepeso, pero ahora no y, de hecho, necesitaba engordar unos kilos; era una experiencia nueva para ella porque había sido rellenita desde niña. Poder comer sin sentimiento de culpa era lo único positivo de aquella pesadilla, por lo demás aterradora.

Mientras se llenaba la boca, sintió que Zane la observaba, pero cuando lo miró, este apartó la vista y empezó a llenar un plato para sí mismo. Entre bocados, Ellie le dijo:

—Dios, o es una comida increíble o estoy tan hambrienta que cualquier cosa más comible que la dieta hospitalaria sabe bien.

—Está buena —confirmó Zane, sentándose en una silla junto a su cama para empezar a comer—. Es la mejor comida asiática de la zona. Los he probado todos. También es una de mis favoritas.

Ellie observó discretamente a Zane mientras comía, con el corazón dándole saltitos en el pecho como cada vez que lo veía. Ahora que era su rescatador, su enamoramiento de juventud había vuelto a la vida.

«Es el culto al héroe. Tiene que serlo. Zane se responsabilizó de salvarme la vida. En realidad, no me siento atraída por él, en absoluto», se dijo. Para su fastidio, hubo de reconocerse a sí misma que no estaba totalmente convencida de que su deseo de devorarlo con la comida no se debía únicamente al hecho de que Zane la hubiera salvado. Algo en Zane Colter siempre la había atraído como un imán gigante. Ellie nunca había decidido si se debía a que él era increíblemente inteligente o a que era el tipo más macizo que había visto en toda su vida. Llevaba el pelo oscuro un poco largo y, en ocasiones, unos cuantos mechones negros le caían por la frente, haciéndolo parecer más accesible. Tenía los ojos característicos de los Colter, grises y siempre cambiantes de tono dependiendo de su estado de ánimo. Ellie podía decir que Zane era simpático, pero nadie lo sabría con certeza. Ella lo sabía porque le conocía, pero a menudo estaba callado o distraído; no porque fuera un patán, sino porque simplemente no tenía nada que decir.

Ellie estaba bastante segura de que no le importaba una mierda la posición social ni la ropa que llevaba. Casi siempre lo había visto con pantalones tejanos y camisas de franela. En verano, optaba por camisetas. Sus pies grandes solían ir enfundados en botas de montaña y su pelo no tenía el más mínimo orden ni un corte definitivo. No. Decididamente, no la clase de hombre que pasaba mucho tiempo intentando verse a la última moda. Nunca lo había sido. Tal vez por eso siempre le había gustado. Estaba buenísimo naturalmente, pero nunca se comportaba como si lo supiera.

En el instituto, Zane era tan torpe como ella socialmente. Aunque la gente decía que era tímido, a ella nunca se lo había parecido. El problema era que Zane era demasiado inteligente como para contentarse con una conversación que le parecía irrelevante. Siempre había estado demasiado ocupado intentando descifrar todos los misterios científicos que existían en el planeta. La mayoría de los otros chicos del instituto solo quería sexo.

—Estoy llena —gimió Ellie apartando su plato.

Zane levantó la vista del suyo.

—No has comido casi nada.

—Tengo el estómago más pequeño —le informó.

—Estás muy flaca —contestó él malhumorado.

Ellie se echó a reír.

—Nunca he tenido ese problema. —Seguía delgada, pero ahora que la estaban atiborrando de nutrientes y líquidos, probablemente no tardaría mucho en subir de peso. Nunca lo había hecho. Le sonrió; le gustaba que Zane fuera franco y siempre dijera lo que pensaba. No solía censurar sus palabras y no parecía importarle que fueran diplomáticas o no.

—Van a dejarte ir a casa dentro de unos días. Pensaba que podríamos ir a mi casa en Denver, pero fuera hay un circo mediático. Creo que estarás más segura en Rocky Springs. Mi finca allí es segura y, si ponen un pie en los terrenos de los Colter, serán detenidos. Podemos despegar desde el helipuerto de la azotea.

—Zane, no puedo ir a casa contigo. Me quedaré con Aileen durante una temporada si lo necesito mientras decido qué voy a hacer. Ya has perdido bastante tiempo intentando encontrarme y después cuidando de mí. Voy a tener que ponerme las pilas muy rápido.

—Vas a quedarte conmigo, aunque tenga que cargarte al hombro y llevarte a mi casa. La casa de mamá no es segura. Demonios, ni siquiera tiene sistema de alarma. Mi finca está vallada. Tengo un pequeño laboratorio allí y necesitaba ser un lugar seguro —dijo Zane. Recogió el plato de Ellie y empezó a terminarse la comida después de tirar su plato vacío a la basura.

—Mi apartamento...

—Ha sido alquilado. Se enviaron todas tus cosas a mi casa y los muebles están en un almacén.

A Ellie se le cayó el alma a los pies.

—No creía que mi casera fuera a echarme.

Con una voz más amable, Zane respondió:

—Ellie, ya nadie creía que siguieras con vida. Llevabas siete meses desaparecida. No te echó exactamente.

«Tú si lo creías, o de lo contrario no habrías seguido buscando», pensó Ellie. Aún se preguntaba por qué había seguido buscándola cuando incluso la policía había perdido toda esperanza de encontrarla con vida. Suspiró y empezó a tirar de la manta con nerviosismo.

—Supongo. La vida siguió sin mí.

—No para todos. Y, desde luego, no para mí —le dijo Zane con voz áspera mientras tiraba a la basura el plato de Ellie, ahora vacío, y abría la bolsa de chocolates.

—¿Por qué no os rendisteis ni tú ni Chloe? ¿Por qué no disteis por hecho que estaba muerta o que me había marchado? —preguntó. Ellie sabía que Zane era analítico y realista. Era científico. Tras siete meses desaparecida, la probabilidad de encontrarla viva era prácticamente nula. Un cerebro tan racional como el suyo debería haberle dicho que desistiera.

Este la perforó con su intensa mirada, los ojos ahumados y oscuros. Tomó uno de los bombones que había desenvuelto y lo puso en labios de Ellie. Para esta, era una sensación extraña el que un chico le diera la comida, pero abrió la boca y se tragó el bombón; el estallido de dulzor hizo que reprimiera un gemido de placer.

Por fin, él respondió:

—Porque no quería creerlo, Ell. Hasta que tuviera pruebas fehacientes de que te habías ido, no iba a dejar de buscarte. Es así de sencillo.

El uso de aquella forma abreviada de su nombre la sorprendió. Nadie la había llamado así nunca, excepto él, y no desde que eran adolescentes. Siempre le había gustado cuando eran unos chavales. Ellie alzó la mirada hacia él, fascinada por la expresión feroz en su rostro. Zane era científico. Por supuesto que quería encontrar su cuerpo, por su familia tanto como por la de Chloe, pero ella presentía que sus motivos eran un tanto… diferentes. Como si fuera una misión personal que no estuviera dispuesto a abandonar.

—Pero no había esperanza.

—Y una mierda. Siempre hay esperanza, Ellie. Te conozco lo bastante bien como para saber que eres una luchadora, y Chloe también. Ninguno de nosotros creyó esa suposición de mierda de que te habías marchado en tu auto para no volver jamás. No tenía sentido. Ambos descartamos esa teoría en cuanto la policía la dejó caer.

Y gracias a Dios que lo habían hecho. De no haber sido tan tenaz, a esas alturas, ella ya estaría muerta.

—Gracias —susurró Ellie—. Te agradezco que nunca renunciaras a buscarme. —Si él hubiera dejado de buscarla, no habría aguantado mucho más sola. Los médicos le habían dicho de manera clara que probablemente no podría haber sobrevivido otro día sin comida, agua ni calor.

—No me habría rendido nunca —farfulló él. Le dio otro bombón, impidiendo que respondiera.

Tarde o temprano, tendrían que hablar de sus planes de llevársela a casa con él. Hasta entonces, Ellie iba a saborear la golosina y al hombre que se la había dado. El deseo de Zane de ayudarla y su tosca ternura eran una faceta de él que nunca había visto. Por descontado, lo había visto poco desde que se fue a la universidad y había vuelto convertido en todo un hombre adulto. Simplemente, Ellie nunca había pasado suficiente tiempo con él como para darse cuenta de lo especial que había llegado a ser.

Sin embargo, ya había hecho bastante por ella y acabaría viéndole el sentido a que se quedara con Aileen hasta recuperarse plenamente. Los medios de comunicación encontrarían otra historia y dejarían de acosarla pasado un tiempo.

Ellie sabía que tenía que dejar de depender de Zane. La había rescatado y eso bastaba. De algún modo, volvería a levantarse y se recuperaría del daño infligido a su cuerpo, su mente y su espíritu.

Cuando él le ofreció otro bombón, Ellie negó con la cabeza. Iba a tener que aprender a resistirse a la tentación. Estaba casi segura de que evitar el chocolate no sería su prueba más difícil en el futuro próximo, pero definitivamente era algo por lo que empezar.

Capítulo 3

Dos días después, Ellie aún no había convencido a Zane para que se mostrase más razonable o sensato. No estaba segura de cuándo se había vuelto tan obstinado y mandón exactamente, pero podía ser incansable e inflexible cuando quería algo de verdad o le parecía que era la mejor solución. Sabía que tenía que cortar lazos con él ahora o terminaría necesitándolo cada vez que tuviera miedo.

—No voy a ir a casa contigo —le dijo obstinadamente mientras una enfermera la empujaba en silla de ruedas hacia el ascensor cuando le dieron el alta.

—Me temo que no tienes elección. Soy tu trayecto al exterior. Los medios de comunicación siguen acampados fuera del hospital. Supongo que tendrás que quedarte —respondió Zane de forma realista mientras caminaba junto a la silla.

Ellie se cruzó de brazos y lo fulminó con la mirada.

—Lo has amañado. Aileen no responde al teléfono y hace dos días que no veo a Tate ni a Lara.

Zane se encogió de hombros con demasiada inocencia.

—Puede que estén ocupados.

A Ellie le gustaba Zane, pero estaba siendo irrazonable y un poco manipulador.

—Antes me gustabas —musitó por lo bajo.

—¿Has dicho algo? —inquirió él con cortesía.

—No. Mira, sabes que quiero volver a Rocky Springs. Probablemente te necesitan aquí, en tu laboratorio. No tiene sentido que me quede en tu casa sola. Ya ni siquiera tengo coche y tengo que poder desplazarme. Tengo que buscar trabajo, enderezar todo lo que quedó arruinado. Esto ni siquiera es razonable. Ya has hecho suficiente por mí, Zane.

—Hasta que estés mejor voy a seguir ahí, Ellie —replicó Zane con voz áspera mientras salían por una rampa a la azotea. La levantó de la silla de ruedas y asintió a la enfermera, que había permanecido en completo silencio y desapareció sin el menor ruido.

Ellie se sentía confusa cuando Zane la acomodó en un helicóptero elegante, arrojó su bolsa con las pocas pertenencias que tenía en el asiento trasero y se subió de un salto al asiento del piloto.

—¿De verdad vamos volando a casa? —preguntó con voz de pito, aún anonadada al verlo ponerse unos cascos con un micrófono incorporado y ponerle otros a ella en la cabeza.

—Es un trayecto largo en auto. No voy a hacerte pasar por la multitud de los medios de comunicación para tenerte tanto tiempo sentada en un vehículo. —Metódicamente, le abrochó el cinturón y después aseguró el suyo propio—. Te dije que íbamos a salir de aquí volando.

Ellie se sobresaltó al escuchar su voz grave y áspera por los cascos. Zane le había dicho que la llevaría en helicóptero desde la azotea, pero ella no había asimilado la realidad de aquel escenario. Como Chloe había sido su amiga durante la mayor parte de la vida de ambas, era muy fácil olvidar lo ridículamente rica que era en realidad la familia Colter. Para ser multimillonarios, casi todos los Colter eran muy prácticos. Su amiga prefería estar con sus queridos caballos que en una fiesta con otra gente rica.

Al despegar la nave, Ellie le preguntó con curiosidad:

—¿De verdad puedes pilotar este trasto? —«¿No tenían piloto la mayoría de los ricos?», pensó.

Zane se encogió de hombros.

—Por supuesto. Hace que desplazarme sea más eficiente. Tengo un piloto para mi avión privado, pero suelo volar yo solo en el helicóptero y en aviones pequeños. Tal vez no sea un as del pilotaje como Tate, pero soy lo bastante competente —explicó antes de empezar a hacer comprobaciones y comunicarse con lo que Ellie suponía era un centro de control de tráfico aéreo.

Ellie no tenía dudas de que Zane era diestro en todo lo que hacía. Cuando por fin despegaron, sintió que el estómago se le caía a los pies.

—Ay, Dios, nunca he volado —anunció llevándose una mano al estómago.

—¿Estarás bien? —preguntó él con voz preocupada.

Cuando se estabilizaron, a Ellie empezó a pasársele el miedo mientras admiraba la vista a sus pies después de salir de la zona metropolitana de Denver.

—Sí. No voy a vomitar ni nada. Simplemente es distinto.

—Aguanta. El trayecto no es tan largo en helicóptero.

—Tómate tu tiempo —dijo sin aliento, abrumada por la experiencia de divisar Colorado desde tan alto—. Es alucinante.

—¿De verdad nunca habías volado? ¿Ni siquiera en un avión comercial?

—No. Nunca he salido de Colorado. —Sinceramente, nunca se había alejado demasiado de su ciudad natal—. Cuando las cosas se pusieron realmente mal y estaba segura de que iba a morir, me arrepentí de no haber visto mucho fuera de Rocky Springs.

—¿De qué otras cosas te arrepentías? —preguntó Zane con voz ronca.

«¡De no haberte besado nunca!», dijo para sus adentros. Ellie no pensaba revelarle todas las epifanías que había tenido cuando creyó que su tiempo en este mundo se había terminado.

—De muchas cosas. Es extraño lo que se te ocurre cuando de pronto te das cuenta de lo poco que has hecho en la vida y estás segura de que vas a morir.

—¿Qué? —insistió él.

Ellie suspiró.

—Acababa de emprender un pequeño negocio paralelo cuando James me secuestró. No estaba ganando mucho, pero estaba creciendo poco a poco. Lamenté no haberlo emprendido antes para poder ver si a la gente le gustaban mis productos. —Hizo una pausa antes de añadir—: Y en realidad nunca me he enamorado ni ha habido ningún chico lo bastante colado por mí como para galantear conmigo. — Nunca le habían regalado flores ni una cena romántica siquiera—. Y nunca me han besado tan apasionadamente que se me olvidara el resto del mundo y terminara sin aliento —reconoció a regañadientes.

—Has salido con chicos —contradijo Zane.

—Con alguno —admitió ella—. Pero todo fue muy informal. Yo tenía sobrepeso, así que no era lo bastante atractiva como para ser el centro de todas las miradas y solía interesarme más trabajar en mi nuevo negocio que salir.

—Siempre has sido guapa, Ell. ¿Qué clase de negocio?

Ahí estaba de nuevo ese apodo íntimo, y su comentario fortuito sobre su aspecto la sorprendió.

—Un pequeño negocio en Internet. Hago velas, aceites esenciales y lociones y jabones. Hago mis pinitos con fragancias personales, pero la mayor parte gira en torno a la aromaterapia. —Miró por la ventana al percatarse de que estaban llegando a zonas con menos densidad de población y se asombró ante la vista de los picos nevados de la cordillera delantera de las Montañas Rocosas. Aunque los veía siempre, desde el aire parecían diferentes.

—¿Crees en los poderes curativos de los aromas?

Ellie no sabía si Zane se estaba riendo de ella o simplemente sentía curiosidad.

—Hasta cierto punto —respondió sinceramente—. No creo que sean una cura para las enfermedades, pero creo que ciertas fragancias pueden afectar a los estados de ánimo y crear una sensación de bienestar. Es algo que me interesa desde hace años y todo lo que sé lo he estudiado sola. Pero me encanta fabricar los productos. Adoro hacer sentir más feliz a la gente.

—¿Hacías todo eso desde ese apartamento diminuto? —Zane empezó a descender cuando llegaron a los valles entre las cimas.

—Sí. No era fácil. Estoy casi segura de que mis materiales y equipo han desaparecido.

—Estarán en mi casa —le aseguró—. No se tiró nada.

—Seguro que algunos clientes me machacaron por correo electrónico, porque no entregué algunos encargos por... —tragó saliva—. Por no estar disponible.

Zane maniobró la nave con pericia hasta situarse sobre la pequeña pista y aterrizó con suavidad.

—Todo saldrá bien —dijo con confianza—. Dale un poco de tiempo, Ellie.

Ella se quitó los cascos, preguntándose como era posible que Zane siempre pareciera saber lo que estaba pensando. Su inseguridad debía de ser evidente, porque se sentía perdida. Y, por alguna extraña razón, Zane parecía darse cuenta.

Alguien debía de haber dejado allí el auto de Zane, porque la llevó en volandas directamente desde el asiento del helicóptero a un todoterreno deportivo negro.

Instintivamente, ella se encogió por un instante cuando la tomó en sus fuertes brazos, un reflejo del que no había logrado deshacerse completamente cuando alguien la tocaba. El corazón le dio un vuelco cuando por fin se relajó y se agarró a su cuello, el rostro tan cerca del suyo que se embriagó de su olor masculino.

—Puedo andar, ¿sabes? —le dijo con nerviosismo. La sensación de su cuerpo poderoso acunándola en sus brazos era demasiado buena, demasiado segura.

Él le frunció el ceño.

—¿Con esos zapatitos? Ni hablar.

Lo que llevaba eran poco más que unas pantuflas, pero no había nieve en la pista de aterrizaje.

Ellie no discutió mientras él la posaba en el asiento de su todoterreno y un tipo al que no conocía salió corriendo de un hangar para encargarse del helicóptero. Probablemente era un empleado. Como nunca había estado en la pista aérea de los Colter, no estaba segura.

El auto de Zane estaba encendido y caliente. Ellie empezó a acalorarse por las capas de ropa que Zane había insistido en que llevara por ser un día frío. Se quitó el gorro y la bufanda y las dejó en su regazo antes de bajarse la cremallera del abrigo. Todas las prendas se las había llevado Zane para llevarla a casa. Este se sentó en el asiento del conductor y cerró la puerta rápidamente.

—Pronto estaremos en casa. ¿Estás bien?

—Estoy bien —le aseguró—. Pero ya no tengo casa.

—Tienes la mía —gruñó Zane mientras ponía en marcha el vehículo—. No hace falta que seas tan obstinada. Es el lugar más seguro en el que puedes estar ahora.

—No estoy tratando de ser obstinada ni lúgubre. Es muy desorientador saber que realmente no tengo adónde ir que sea mío. ¿No puedes entenderlo?

—Sí. Es comprensible. Pero, de verdad, ahora no necesitas preocuparte por eso. Te mejorarás y luego podrás enfrentarte al mundo.

Ellie se reclinó en el asiento a sabiendas de que iba a tener que aceptar su hogar temporal con Zane. Obviamente, su familia estaba de acuerdo con aquel plan y había cooperado para que se saliera con la suya. Aunque estaba enfadada por lo despótico que era, seguía sintiéndose agradecida de importarle lo suficiente como para que le abriera su casa. ¿Cuántos chicos ricos y ocupados harían el tiempo que Zane le había dedicado? Aún no comprendía por qué estaba dedicándole tanto tiempo y esfuerzo, pero no podía rechazar su amabilidad sin más.

—No hay problema. Tengo que estar aquí durante lo que queda de las vacaciones y tengo un pequeño laboratorio donde puedo trabajar.

—¿También trabajas aquí?

—Sí. Principalmente en proyectos personales, cosas que requieren constante estudio y replicación.

—¿Como qué? —preguntó con curiosidad—. ¿Te gusta lo que haces? Sé que estabas obsesionado con utilizar la ciencia para cambiar el mundo cuando éramos más jóvenes. ¿Todavía lo estás?

Zane se encogió de hombros.

—Más o menos. Pero era bastante inocente, incluso ya en la universidad. No me había dado cuenta de cuánta mierda puede acompañar a la ciencia.

—¿Qué? —El estudio científico siempre había sido la vida de Zane. Ellie nunca lo había oído hablar del lado negativo.

—Estudios irresponsables. Informes que son pura basura. Hay lugares que publican supuestos estudios científicos sin suficientes pruebas ni estudios de replicación. La carencia de verdaderos grupos de control o grupos que ni siquiera son lo bastante grandes para ser precisos. Hay muchos estudios científicos que se llevan a cabo incorrectamente simplemente por sensacionalismo o beneficios económicos. El que una sola prueba en ratones o ratas demuestre algo que es una posibilidad, no quiere decir que siempre sea cierto para los humanos, pero los medios de comunicación lo exageran hasta que todo está tergiversado para que se acepte como la verdad.

—Pero los negocios quieren ser rentables, supongo —musitó Ellie, conmovida por lo seriamente que se tomaba su profesión.

—Mi laboratorio es muy rentable, pero puede ser rentable y ético a la vez —dijo con vehemencia.

—Así que, ¿el que yo esté en tu casa no hará que desees estar en tu laboratorio principal porque tienes uno montado aquí?

—Aunque no lo tuviera, mi prioridad es verte recuperarte. Nadie se merece lo que te ocurrió. Y no tenías ninguna culpa. El lugar equivocado en el momento equivocado.

—¿Por qué haces todo esto? No lo entiendo —preguntó finalmente—. No es como si nos hubiéramos visto mucho desde que te graduaste en el instituto. En realidad, no somos amigos.

—Porque quiero —respondió Zane en tono enigmático.

—¿Por qué? —apoyó la cabeza, sintiéndose tanto emocional como físicamente cansada.

—Tal vez tú no me consideres tu amigo, pero yo nunca he dejado de pensar en ti como la mía. Me ayudaste en el pasado. Nunca me trataste de forma distinta en el instituto, aunque era un empollón de ciencias rarito. Me ayudaste a organizar algunos de mis proyectos de investigación en secundaria y siempre fuiste buena conmigo. Nunca dejé de ser tu amigo simplemente porque me mudara fuera —dijo con voz ronca.

A Ellie se le derritió el corazón al percibir la inseguridad en sus palabras. Zane era un solitario de adolescente, principalmente porque le interesaba más la ciencia que las personas. Pero no muchos de los chavales del instituto habían llegado a conocerlo realmente. En el fondo, Zane era un adolescente bueno, estrafalario e inteligente y, a medida que maduró, evidentemente no había cambiado. Cierto, se había vuelto más mandón y resuelto a salirse con la suya. Pero el corazón del joven que había conocido no había cambiado realmente.

—Yo tampoco dejé de pensar en ti como amigo —reconoció ella, consciente de que había pensado en él mucho más de lo que debería a lo largo de los años—. Tú también fuiste siempre bueno conmigo, aunque tenía sobrepeso y no era muy popular en el instituto. Significaba mucho para mí.

En realidad, todos los hermanos de Chloe habían sido simpáticos. Pero como Marcus y Blake eran más mayores, se graduaron cuando ella y Chloe acababan de empezar la secundaria. Tate siempre había sido dulce, pero las chicas se sentían atraídas por él y prácticamente tenía su propio harén, incluso en el instituto. Como Chloe, Tate y Zane tenían prácticamente la misma edad, Ellie siempre se había preguntado cómo había podido sobrevivir la madre de Chloe estando constantemente embarazada durante más de dos años.

Tate era más joven y se acercaba más en edad a ella y a Chloe, pero nunca habían sido más que conocidos. Era Zane el que captaba su atención por aquel entonces, probablemente porque era mucho más accesible, mucho más parecido a ella. Casi siempre estaba solo y probablemente sentía que no encajaba. Entablaron amistad cuando ella se percató de su frustración ante el tedio de organizar su investigación. Ellie se ofreció a ayudarle a ponerlo todo en orden después de preguntarle por las distintas secciones de sus notas. Aunque el material siempre era incomprensible para ella, lo ponía en un orden lógico, para lo cual no hacía falta ser un genio.

Zane se encogió de hombros.

—Me gustabas. Y no me gusta mucha gente.

Ellie se echó a reír ante su franqueza, una parte de Zane que adoraba en secreto. No era muy dado a hablar de cosas sin importancia. Si en ocasiones parecía socialmente torpe, ella se lo achacaba a su inteligencia. No se comunicaba al mismo nivel que la mayoría de las personas. No se trataba de que no pudiera; simplemente, no lo hacía, probablemente porque la mayoría de la gente se sentía demasiado intimidada como para conversar con él. Si no lo conociera, Ellie se preguntaba lo abrumador que sería abordar a un hombre con una de las mentes científicas más inteligentes de todo el país. Por suerte, sabía que era mucho más que el empollón de ciencias que afirmaba ser.

Mientras Ellie pensaba en todas las cosas que Chloe había compartido con ella sobre sus hermanos a lo largo de los años, de pronto recordó algo, un hecho que se le había escapado hasta aquel día.

—¿No tienes una novia que va a disgustarse si me quedo contigo? ¿No va a venir durante las vacaciones? —preguntó con curiosidad.

—No. No me interesa una mujer que solo finge que le gusto por mi dinero o por el estatus de los Colter.

A Ellie se le cayó el alma a los pies al pensar que probablemente lo buscaban simplemente porque era un Colter multimillonario.

—Zane, no todas las mujeres son así. ¿No has conocido a nadie con quien conectaras a otro nivel?

—No —dijo él llanamente.

—Pero has salido con chicas. Chloe me contó en una ocasión que tenías novia. —Todavía recordaba cómo se había sentido al enterarse de que Zane iba en serio con una mujer de Denver, Aunque no había visto desde hacía mucho tiempo, había tenido una extraña sensación de pérdida.

—Sí. Pero no duró. Se aburrió y empezó con otra persona. Descubrió que yo no llevaba una vida glamorosa repleta de fiestas interminables y vacaciones exóticas. Pasado un tiempo, descubrió que, de hecho, yo trabajaba. Mucho. Yo le proporcionaba todas las cosas materiales y el dinero que quería, pero no el estilo de vida con el que soñaba.

Ellie se cruzó de brazos, enojada.

—Entonces no te merecía. Hasta nunca, así te lo digo. —Dudó antes de añadir—: ¿Te hizo daño?

Él guardó silencio durante un momento, como si estuviera pensando en su pregunta. Al final, dijo:

—En realidad, no. Fue entonces cuando me di cuenta de que estaba mejor sin una relación. Ahora solo tengo sexo y me olvido del largo plazo.

Intentó sonar indiferente, pero Ellie percibió la tristeza subyacente en su voz. La novia le había hecho daño y se había vuelto precavido y receloso.

—Lamento que te hiciera daño —respondió en voz baja.

—No me hizo daño —contradijo él en tono áspero.

—Sí, lo hizo. Pero simplemente no era la mujer adecuada. Creo que hay alguien para todos si tenemos la suerte de encontrarlo —contestó Ellie con melancolía.

—Entonces, ¿por qué sigues soltera? —refunfuñó Zane.

—Estaba esperando. Algún día, espero que alguien me vea de verdad, que no solo mi aspecto.

—Eres guapísima. Si alguien te ve de otro modo, es un imbécil.

—Soy del montón, estaba rellenita y ahora estoy esquelética. No voy mucho a bares ni fiestas. La mayor parte del tiempo prefiero leer un buen libro o hacer velas. ¿Te parece apasionante? —preguntó en tono seco.

—Ser diferente no tiene nada de malo, Ell —respondió Zane malhumorado.

—Podría decirte lo mismo —respondió ella jovialmente, aunque su corazón sonreía por aquellas palabras.

Él no respondió al detenerse junto a la entrada de su enorme casa. La verja de hierro era increíblemente alta y los postes en la parte superior parecían afilados. Nadie en su sano juicio se atrevería a saltar uno de los muros de su fortaleza. Ellie lo observó mientras tecleaba un código y las verjas de hierro empezaron a abrirse.

—Un poco paranoico, ¿no? —preguntó con curiosidad.

—Tengo que serlo. Han intentado robar mis investigaciones demasiadas veces. No puedo utilizar vallado eléctrico debido a la fauna, pero esto es lo más seguro posible.

Ellie se lo creía. Vio cámaras de video y sensores de movimiento encenderse cuando se aproximaron por la entrada de coches.

—¿Es tan grave?

—Lo suficiente como para ser cauteloso —respondió al manejar su auto hasta un enorme garaje—. Como tengo un laboratorio de investigación aquí, soy cuidadoso. Soy bastante rico y mi laboratorio me ha enriquecido aún más. Puede que no me importe el dinero, pero se puede ganar mucho con la investigación adecuada en biotecnología.

—¿Tu laboratorio está dentro de la casa? —preguntó. No es que dudara que el laboratorio cupiera en la enorme mansión que había divisado brevemente por el camino de entrada, pero estaba haciéndose tarde y en invierno oscurecía temprano. No había visto mucho excepto el enorme tamaño de la casa.

Zane sacudió la cabeza mientras apagaba el motor.

—No en la zona principal de la vivienda. Está bajo tierra.

Ellie sostuvo una mano en alto cuando él se dirigió hacia el asiento del copiloto para ayudarla a salir.

—Puedo caminar. Quiero hacerlo. —Después de yacer en cama durante tanto tiempo, sentaba bien estar en pie y caminar.

Él frunció el ceño.

—El médico dijo que nada de grandes esfuerzos físicos durante unas semanas.

Ellie le devolvió una mirada obstinada.

—Dudo que caminar se considere un gran esfuerzo. Estoy bien. De verdad. Por favor.

A regañadientes, Zane tomó la bolsa de Ellie del asiento trasero y abrió la puerta para esperar hasta que ella rodeara el todoterreno. No dejó de revolotear a su alrededor mientras ella subía los pocos escalones del garaje hasta la casa.

—¡Mierda!

Ellie oyó la maldición grave y frustrada a sus espaldas.

—¡Qué!

—He olvidado hacer que viniera alguien a limpiar. La casa es un desastre —respondió en tono avergonzado.

Ella se detuvo y dio media vuelta, con los ojos llorosos.

—¿Crees que eso me importa? Me estás ofreciendo un hogar temporal. Me siento agradecida.

Costaba creer que a Zane le importara el no haber limpiado porque ella iba a estar allí.

—Me importa. Te mereces algo mejor después del cuchitril que te viste obligada a soportar durante meses. —Dejó caer la bolsa al suelo del pasillo de la entrada y avanzó hasta que la espalda de Ellie estuvo contra la pared—. Has pasado por un infierno. Quiero que tengas algunas de las cosas que no tuviste mientras ese imbécil psicótico te mantenía prisionera.

Ellie suspiró cuando Zane estaba lo bastante cerca como para olerlo y, después, para tocarlo.

—¿Qué estás haciendo? —preguntó alzando una mirada curiosa hacia él cuando este apoyó una mano a cada lado de la pared, envolviéndola temporalmente con su calor.

Su gesto era intenso, su ardiente mirada gris lo bastante caliente como para hacerla arder allí mismo.

—Darte algo que nunca has tenido. Voy a dejarte sin aliento. Bésame, Ellie —exigió él con unos cuantos mechones oscuros sobre los ojos.

—¿P-por qué? —tartamudeó ella, sin ningún otro deseo que obedecer su orden. Quería su cuerpo duro presionado contra ella, su boca en la suya haciendo que volviera a sentirse viva. No hubo un segundo fugaz de pánico cuando él la arrinconó. No estaba tocándola. Pero Santo Dios, ella quería que la tocara… desesperadamente.

—Porque lo digo yo —contestó con arrogancia—. Quiero darte algo que nunca has tenido. Muchas cosas, de hecho.

—¿Y se supone que tengo que obedecer todas tus órdenes? —replicó ella con una evasiva porque no podía creer que Zane estuviera mirándola como si realmente quisiera besarla. Solo mirar la expresión feroz en su rostro la dejaba prácticamente sin aliento.

—No. Sería más fácil si lo hicieras, pero sabes que no lo vas a hacer nunca —dijo él. En cuanto aquellas palabras salieron de su boca, agachó la cabeza, los labios tan cerca de los de Ellie que esta podía sentir la calidez de su aliento en el rostro.

Las sensaciones que la bombardeaban hicieron que se estremeciera. Lentamente, las manos de Ellie reptaron por el torso de Zane. Le apartó el pelo rebelde de los ojos y después le rodeó el cuello con los brazos.

—No tienes que hacer esto porque fuera un tonto deseo incumplido cuando creí que iba a morir —susurró con nerviosismo.

—No es por eso. También lo estoy haciendo por mí —la informó bruscamente antes de acunarle la nuca y descender sobre su boca con un beso.

Capítulo 4

Su abrazo era todo lo que Ellie siempre había soñado y mucho más. Fascinada por el calor de su boca, se abrió a él y le dejó explorar con la lengua; la exigente dulzura de su posesión hacía que le flaquearan las rodillas. Si él no le hubiera abrazado la cintura, ella podría haberse desmayado como una idiota.

Ellie olvidó todo lo demás excepto la sangre palpitante que corría por sus venas y la sensación del beso exigente de Zane. Quería que el beso durase eternamente, pero él retrocedió y le mordisqueó el labio con delicadeza antes de volver a fundir sus bocas con más ternura de la que Ellie había conocido en toda su vida. Cuando Zane dio un paso atrás finalmente, a ella le temblaba todo el cuerpo y, sin duda, se había quedado sin aliento.

—¿Se ha cumplido tu deseo? —carraspeó Zane con voz grave y sensual.

—S-sí —tartamudeó ella mientras se esforzaba por recobrar el aliento, con el cuerpo y la cabeza dándole vueltas todavía.

—¿Has olvidado todo lo demás? ¿Te has quedado sin aliento?

—Por completo —reconoció ella aceleradamente—. ¿Y tú? Has dicho que esto no solo era para mí.

Él asintió.

—Estoy satisfecho… por ahora.

Zane recogió su bolsa y le dio la mano para conducirla hasta el salón a través de la enorme cocina. Ninguno de ellos parecía querer hablar, como si aquello pudiera echar a perder el vínculo mágico que acababa de producirse en el pasillo.

«Ha sido increíble para mí, pero tal vez solo haya sido un beso para él», pensó Ellie. Diciéndose que estaba siendo tonta por analizar un simple beso, comentó:

—Esta casa es enorme. —El techo abovedado era tan alto que tuvo que estirar el cuello para verlo.

Zane se quitó la chaqueta y extendió los brazos para ayudarla a quitarse la suya.

—Es grande —reconoció—. Te haré una visita guiada.

Ellie se quedó sin palabras mientras la dirigía por algunos de los dormitorios de la planta baja, cada una del tamaño de su antiguo apartamento y con su propio baño. El dormitorio principal tenía una puerta que conducía a una zona de aguas termales, algo que todos los Colter parecían tener en sus respectivas casas. Pero cuando finalmente entraron a una enorme habitación alicatada en mármol con una piscina cubierta, se quedó sin aliento.

—Esto es increíble. —No se imaginaba poder nadar durante todo el año.

—Hay un gimnasio detrás de esa puerta —dijo él, señalando una entrada al otro extremo de la sala.

Para cuando hubo terminado la visita, incluso mostrándole la habitación en la planta superior donde guardaba todas las cosas de Ellie, esta estaba agotada. Lo siguió de nuevo a la planta baja y a la cocina sin energía.

—¿Quieres que me quede en la habitación donde están mis cosas? —preguntó vacilante.

—Ni hablar. Es un desastre. Puedes organizarla cuando te encuentres mejor. Quédate con uno de los dormitorios de la planta baja. Así no tendrás que subir y bajar las escaleras todo el tiempo. ¿Quieres tu ropa?

Ellie negó con la cabeza lentamente. Nada le valdría ya.

—Mañana echaré un vistazo. —Rescataría lo que pudiera. Ellie sentía la tensión entre ellos y se preguntaba si debería limitarse a dejar que le enseñara su habitación e irse a la cama.

—No voy a pedir perdón por besarte —dijo Zane en voz baja, columpiándose sobre los talones mientras se llevaba las manos a los bolsillos delanteros de sus pantalones.

Ellie se sorprendió por el repentino cambio de tema, pero evidentemente él había estado pensando en el beso igual que ella durante su visita por la casa. Ambos se habían despojado de su ropa de abrigo antes de emprender el recorrido, pero Ellie seguía agitada. Observó el gesto obstinado de Zane, incapaz de impedir que su mirada se deslizara por su cuerpo musculoso cuando, por fin, él apoyó una cadera contra el mostrador de la cocina y se cruzó de brazos, estirando el material del bonito suéter verde que llevaba.

—No te he pedido que lo hagas —respondió ella al instante—. Y yo tampoco voy a disculparme por corresponder al beso. —Permaneció en silencio durante unos segundos antes de aventurar algo—. Quizás deberíamos intentar olvidar que ha ocurrido. Todo ha sido bastante emotivo desde que me encontraste.

—Yo nunca lo olvidaré —le dijo roncamente—. A veces no puedo dejar de mirarte porque todavía no me creo que estés aquí, que realmente estés viva. Tenía que tocarte, Ell —dijo. Se detuvo durante un momento apasionante, con aspecto de querer decir algo más acerca de sus motivaciones, pero no lo hizo. Súbitamente, se volvió hacia el frigorífico y cambió de tema, con voz informal otra vez—. Ahora, veamos si queda algo de comida en la casa. No tengo ni idea de qué hay aquí.

—No tengo mucho apetito —protestó Ellie, confusa por la confesión de Zane. Tal vez todo le pareciera tan surrealista a él como se lo parecía a ella. Quizás solo necesitaran algún tipo de vínculo.

—No importa. Tienes que comer —dijo antes de volverse, salir al pasillo y recoger la bolsa del hospital con las pertenencias de Ellie para abrirse camino a lo largo del corredor con los dormitorios y ella frunciendo el ceño a sus espaldas. Se detuvo en uno para dejar su bolsa—. Puedes quedarte aquí —le indicó mientras se detenía en la puerta al salir de la *suite*—. Estoy al final del pasillo —explicó señalando el dormitorio principal con las aguas termales.

La *suite* que le había dado era preciosa; una habitación enorme con una zona para sentarse y su propio baño individual. Ellie no tuvo mucho tiempo para echar un vistazo porque Zane le tomó la mano y tiró de ella de vuelta a la cocina.

Ella lo observó mientras rebuscaba en los armarios y registraba la nevera. Sonrió porque se veía absolutamente adorable escudriñándolo todo, como si no estuviera seguro de qué era ninguno de los paquetes ni de qué hacer con ellos.

—Deja que lo adivine… ¿no cocinas? —supuso ella cruzándose de brazos y apoyando el trasero contra la encimera.

Zane giró la cabeza y le lanzó una mirada inquisitiva.

—¿Cómo lo has sabido?

—Tal vez porque acabas de hacer caso omiso de todos los alimentos que tienes porque requieren algún tipo de preparación —respondió acercándose al frigorífico—. Muévete —insistió, quitándolo de su camino de un golpe de cadera.

Pasó revista al congelador cuando se percató de que no había demasiado en la nevera.

—No tienes nada descongelado, pero podría hacer un desayuno continental para cenar. —Tenía huevos, queso y un poco de jamón en lonchas. También había unas patatas que parecían bastante recientes.

—No soy muy quisquilloso —accedió él de buena gana—. Enséñame cómo y lo prepararé yo.

—¿En serio no sabes cocinar? —preguntó con curiosidad—. ¿Cómo comes?

Zane se encogió de hombros.

—En Denver, encargo comida o compro cosas que puedo meter en el microondas. Tengo una empleada que se apiada de mí y me deja comidas que casi siempre puedo recalentar. Cuando estoy aquí, suelo tener cosillas para preparar sándwiches. Supongo que se han acabado.

Ellie sacó un paquete de huevos y otros productos antes de buscar una sartén grande. Le parecía gracioso que un tipo con su coeficiente intelectual no supiera ni freír un huevo.

«Es multimillonario. No necesita cocinar», se recordó. No podía ni imaginar cómo era tener tanto dinero que uno pudiera limitarse a contratar a alguien para hacer tareas del día a día. Por extraño que resultara, no parecía que tuviera empleada en Rocky Springs. Cuando dijo que la casa era un desastre, tenía razón. A aquel lugar le vendría bien una buena limpieza: había pilas de papeles y cosas variadas por todas partes que nunca se habían ordenado.

Zane la observó mientras trabajaba, revoloteando a su alrededor como si fuera a caerse en cualquier momento. Era tan adorable como irritante.

—Estoy bien, Zane. De verdad. Me siento mejor solo por poder estar levantada y en pie. —Encontrar algo que hacer por él hizo que se sintiera menos cansada e inútil y le ayudó a sacarse sus problemas de la cabeza.

—No se me ocurrió preparar la casa ni hacer que alguien nos dejara la cena preparada —refunfuñó.

—No importa —respondió ella sinceramente—. Quiero ayudar mientras esté aquí.

—Se supone que tienes que descansar.

—Preparar una comida sencilla no es un trabajo forzado —le dijo en tono jocoso—. Siéntate —lo invitó gesticulando hacia la mesa de la cocina.

Él se sentó y le dio las gracias cuando Ellie le puso delante un plato repleto de tortilla, tostadas y patatas fritas. Colocó un plato para ella con una porción más pequeña enfrente. Mientras tomaba unos cubiertos, abrió el frigorífico y sacó dos latas de refresco que llevó a la mesa antes de sentarse frente a él.

—¿Ves? No es tan difícil —le dijo con una sonrisa burlona.

—Haces que parezca fácil —musitó él con voz grave.

—Mi madre tenía que trabajar mucho cuando yo era niña. Aprendí a cocinar muy pronto —explicó—. Tenía que ayudar en casa.

Ellie comió despacio, dedicándose sobre todo a contemplar a Zane mientras este devoraba la comida en su plato como si fuera lo mejor que hubiera comido en su vida. Cuando ella hubo comido todo lo que pudo de su plato, lo empujó al otro lado de la mesa.

—He terminado. ¿Puedes acabarte esto?

Zane le lanzó una mirada reprobatoria.

—No has comido mucho.

—Sabes que no puedo. —Ellie sabía que pronto subiría de peso. Ya había engordado y, con su metabolismo lento, no tardaría en recuperar parte del peso que había perdido. Estaba resuelta a controlar su peso y no recuperar los kilos de más que no necesitaba.

Zane tomó su plato y lo puso sobre el suyo antes de engullir lo que quedaba de su comida. Cuando hubo terminado, se negó a dejar que Ellie se levantara de la mesa y lo ayudara a recoger.

—Tú has cocinado. Yo puedo limpiar. Sé cargar el lavavajillas —insistió mientras le hacía un gesto para que volviera a la silla.

Ellie volvió a sentarse y vio su cuerpo grande moviéndose eficientemente por la cocina. Tal vez no supiera cocinar, pero no tardó en cargar el lavavajillas y encenderlo.

Zane era alto y musculoso, pero era naturalmente ágil, ya que su cuerpo se parecía más al de un corredor que al de un halterófilo. No tenía grasa de más en ninguna parte del cuerpo, lo cual resultaba decepcionante. A Ellie le habría gustado ver al menos una imperfección insignificante en Zane, algo que lo hiciera parecer más humano. Pero tenía un cuerpo esculpido e incluso con la barba sin afeitar y el pelo oscuro un poco largo, era prácticamente perfecto.

Con un suspiro silencioso, supo exactamente por qué siempre se había sentido atraída por él. Zane era perfecto, pero era un enigma, un puzle con tantas piezas que nunca había conseguido hacerlas encajar todas. Era bueno, endiabladamente guapo, aunque un poco torpe en ocasiones, lo cual resultaba adorable teniendo en cuenta que en casi todos los demás aspectos era irresistible.

Al mirar a su alrededor, Ellie se percató de que aún era desorganizado, pero ese rasgo era perdonable sabiendo que era un genio. Solía dedicar toda su concentración a una sola cosa: su trabajo.

Había cosas que Ellie no llegaba a comprender, como por qué la había besado. Por qué la ayudaba cuando podría haberle cedido esa tarea a su madre, o a la de Ellie, dicho sea de paso. Ellie sabía que su madre se habría quedado si la hubiera necesitado realmente, pero Zane había prometido que la cuidaría por ella hasta que pudiera volver de visita de nuevo. Convencida de que su hija estaría bien, su madre había regresado a Montana porque tenía que trabajar.

El instinto protector de Zane hacía sentirse segura a Ellie, pero también era desconcertante. No estaba acostumbrada a tener a nadie que se preocupara realmente por ella, a excepción de Chloe. Zane le había salvado la vida con su naturaleza persistente y Ellie le estaba agradecida, pero seguía sin comprender por qué no se había rendido como todos los demás. Siete meses era mucho tiempo.

Se mesó el cabello, gesto que le recordó que tenía que cortárselo bastante para sanearlo. Estaba muy dañado. Aquella idea la deprimió porque su pelo rubio era una de las únicas cosas que realmente le gustaban de su aspecto.

—¿Qué pasa? Pareces triste —observó Zane cuando volvió a sentarse a la mesa y dio un trago a su refresco.

—Tengo que cortarme el pelo —respondió ella solemnemente—. Está dañado y para sanearlo voy a tener que cortármelo casi todo. —Una melena que había tardado años en dejarse crecer larga y sana desaparecería en cuestión de minutos.

Zane parecía perplejo.

—Pues córtatelo. Volverá a crecer.

—Es lo único que siempre me ha gustado de mi aspecto. Me gustaba mi pelo.

Ellie sabía que en realidad no era el problema de su cabello lo que la estaba disgustando. La terrible experiencia que había sufrido estaba empezando a golpearla con fuerza y la pérdida de su cabello era solo un símbolo de todo lo que había perdido. La realidad empezaba a cercarla.

—No son más que filamentos de proteína y células muertas, Ellie. Solo es pelo —dijo con voz ronca.

—Lo sé —asintió con los ojos llorosos—. Es estúpido disgustarse por algo tan superficial. Creo que estoy empezando a ser consciente de cuánto va a cambiar todo, de cuánto tengo que solucionar y de lo diferentes que van a ser las cosas ahora. No tengo trabajo ni casa. Es como si la vida hubiera continuado sin mí, pero yo sigo aquí. Ahora estoy atrapada en el limbo entre existir y no existir. No estoy segura de dónde ir desde aquí.

Zane se puso en pie, la levantó de la silla, la llevó a su habitación y la acostó en la cama con delicadeza.

—Necesitas dormir. No pienses tanto. Terminarás agobiada. Tómate las cosas de una en una. No puedo prometerte que vayas a volver a sentirte normal mañana. Pero sí te prometo que haré todo lo que esté en mi mano para que vuelvas a ser feliz.

—No me siento normal —le dijo sin aliento, empezando a caer presa del pánico.

Zane se quitó las botas de una patada y se subió a la enorme cama, acunándola en sus brazos antes de responder:

—Volverás a sentirte normal, Ell. Te lo prometo.

Las palabras de Zane eran reconfortantes, pero los recuerdos de Ellie empezaban a abrumarla. Todos y cada uno de ellos eran aterradores. Aun así, empezó a hablar.

—A veces me hacía suplicar la comida o el agua que había traído consigo. Estaba tan hambrienta y sedienta que no me importaba suplicar. Dependiendo de su estado de ánimo, unas veces era peor que otras. Siempre sabía que me pegaría, que me utilizaría como blanco de la ira que hubiera acumulado mientras sonreía a todo el mundo. Era malvado, Zane; probablemente, la persona más psicótica que he conocido nunca. Empecé a odiarme a mí misma porque tenía mucho miedo y por ceder ante cualquier cosa que él quisiera solo para conseguir unos restos de comida y agua.

Los brazos del joven la estrecharon con fuerza mientras atraía la cabeza de Ellie contra su pecho.

—No lo hagas —dijo bruscamente—. No te culpes por nada de lo que hicieras para sobrevivir. Tener miedo en esa situación es normal. No soy terapeuta, pero hasta yo sé que cuando eres un superviviente, haces lo que tengas que hacer. Joder, odio que tuvieras que pasar miedo siquiera, que ese cabrón te pusiera la mano encima. Si no estuviera muerto ya, lo mataría yo mismo por lo que os hizo a ti y a Chloe.

Ellie tomaba profundas bocanadas, ayudando a calmar su pulso y a que el pánico empezara a desvanecerse. Había sobrevivido al cautiverio de James. Todo lo demás solo era trabajo duro.

—Era un cabrón sádico. Un sociópata. Habría acabado haciendo mucho más daño a Chloe. Cuando supe lo que era, me quedé horrorizada de que fuera a matarla para quedarse con su dinero. Sentí un gran alivio al averiguar que no se casó con él y que estaba muerto.

—No solo la hirió físicamente. También machacó su orgullo y su autoestima. Pero Chloe está lidiando con ello. Me gusta Walker. Creo que es bueno para ella.

—Me alegro de que sea feliz —compartió Ellie.

—Tú también volverás a ser feliz algún día —insistió Zane, acariciándole la espalda con una mano reconfortante—. Tomará tiempo.

—Dijiste que no viste mi auto. Me pregunto qué le ocurrió. James debió de esconderlo o destruirlo.

—No te preocupes por tu auto, tu trabajo ni nada más ahora mismo. Necesitas tiempo para sanar —refunfuñó Zane—. Mañana iremos a la ciudad y compraremos algunas de las cosas que necesitas. Sabes que la policía querrá hablar contigo. Es posible que ese imbécil esté muerto, pero querrán tu declaración para poder cerrar el caso.

—Lo sé —dijo ella en tono estoico—. Odio hablar de ello, pero lo haré.

—No te preocupes por nada excepto por ponerte fuerte. Pronto tendrás a Chloe de vuelta y, ahora mismo, me tienes a mí —dijo con voz terca e inflexible.

Ellie se relajó, apoyándose en su fuerza. Nunca hubo un tiempo en que dependiera realmente de nadie. Estaba acostumbrada a ser la organizadora, la cuidadora, incluso desde muy temprana edad. Por una vez, era agradable tener a alguien en quien apoyarse.

Zane cambió de postura, tumbándose bocarriba, y la atrajo sobre su torso, donde apoyó su cabeza. Enredándole los dedos en el pelo, le masajeó la espalda con la otra mano, con un movimiento circular y relajante.

—Estoy cansada —reconoció ella, sintiéndose tan desgastada física y emocionalmente que se le entrecerraban los ojos.

—Entonces, duerme.

—No quiero que me dejes —reconoció Ellie, el tono tembloroso y vulnerable.

No quería estar sola con sus pensamientos y lejos de la presencia reconfortante de Zane en ese momento. Empezaría a fortalecerse al día siguiente. Pero, por el momento, lo necesitaba.

—No voy a ninguna parte, Ellie. Estaré aquí.

Ella suspiró aliviada y se acurrucó contra el calor que irradiaba su cuerpo.

—Gracias.

—¿Confías en mí? —le preguntó Zane con voz ronca.

—Sí.

—Entonces duerme. Nadie volverá a hacerte daño nunca —prometió.

Sonaba tan serio que Ellie sonrió, sintiéndose segura en su fuerte abrazo. Cuando finalmente se quedó dormida minutos después, cayó casi de inmediato en un sueño profundo y tranquilo.

Cuando se levantó a la mañana siguiente, sintiéndose descansada, Zane había desaparecido. Ellie podría haber pensado que lo había imaginado o que había soñado que estuvo allí, reconfortándola de una manera que nunca habría creído posible para Zane, pero sabía que no había soñado con su presencia.

Una profunda inspiración a su almohada le inundó los sentidos con su olor, demostrando que él había estado allí, en su cama, pero que la había dejado silenciosamente para que durmiera.

Girando sobre su espalda, intentó sacarse su perfume embriagador de los pulmones, impedir que su cuerpo reaccionara al hecho de que había estado en su cama, de que se había deleitado en la seguridad de tenerlo cerca.

«¡No puedo empezar a necesitarlo tanto!», se dijo. Su cuerpo y su mente batallaban mientras su sexo se contraía con la necesidad primitiva del único hombre al que había deseado de verdad. Incorporándose en la cama, se retiró el pelo de la cara y reconoció que levantarse sin él a su lado hizo que lo extrañara; aquello resultaba aterrador para una mujer acostumbrada a estar bien sola.

Capítulo 5

Varios días después, Zane estaba trabajando en su laboratorio subterráneo, intentando averiguar cuándo se había vuelto tan condenadamente obstinada Ellie Winters. Era muy dulce de adolescente, pero en algún momento del camino, la mujer había desarrollado una vena irascible e independiente que parecía no tener fin.

«Bueno, he repuesto algunas de sus pertenencias: un celular, una computadora, ropa nueva con un poco de ayuda de Lara y otras cosillas que necesita para el día a día. Solo son básicos», pensó. A Zane no le parecía que lo que había hecho fuera importante. Pero había disgustado a Ellie y ni siquiera estaba seguro de por qué lloró cuando le entregó sus cosas cotidianas. No le había preguntado por qué había llorado porque se sentía fatal por haber sido el causante de sus lágrimas. Lo único que quería era que Ellie fuera feliz y, por lo visto, había estado progresando, a pesar de sus lloros ante los regalos de Zane… hasta aquel día. Era el día en que él se había dado cuenta de lo obstinada que podía llegar a ser Ellie.

Se había puesto firme, literalmente, negándose de un puntapié cuando le llevó a casa el auto nuevo que había comprado para ella. Se negó rotundamente a aceptar algo que había comprado para ella. Aseguró que era demasiado caro. Cuando Zane mencionó que solo tenía seguro a terceros en su vehículo desaparecido y que su aseguradora no iba a pagar nada para reemplazar la chatarra de su *Tortuga Azul*, Ellie lo fulminó con la mirada y se alejó.

—Solo es un BMW. Se comporta como si hubiera ido por ahí y le hubiera comprado algo realmente caro. Era una opción razonable, un coche robusto y confiable. No es como si hubiera salido y me hubiera fundido un montón de dinero en un deportivo exótico —musitó Zane por lo bajo mientras recreaba algunos de los hallazgos de uno de los científicos líderes del laboratorio, revisando los resultados por sí mismo—. Y es un deportivo utilitario. Es práctico para Colorado. Aquí mucha gente tiene uno.

De acuerdo, quería ver reavivarse un poco la antigua moral de Ellie. Pero enojarla no era precisamente la manera en que quería que ocurriera. No obstante, Ellie estaba enfadada. Pero, independientemente de lo terca que se mostrara, Zane había decidido que manejaría un auto confiable, el que le había regalado.

Cuando terminó su trabajo, registró su verificación en la computadora del laboratorio y recogió sus suministros, preguntándose cómo podía hacer que Ellie aceptara lo inevitable. Iba a utilizar el todoterreno. Zane quería que condujera un vehículo fiable. No quería que comprara otra chatarra como su último auto. Era demasiado pequeño, demasiado viejo y de muy poca confianza, y todas eran cosas inaceptables para él.

Se quitó la bata desechable que cubría su ropa y desechó la mascarilla y los guantes en el contenedor de materiales peligrosos que tenía junto a la puerta.

Zane podía reconocer que era desorganizado, pero solo con las cosas ajenas al laboratorio. Allí era meticuloso. Aquello le importaba. Trabajar con organismos potencialmente peligrosos no dejaba lugar a errores. Se lavó las manos y se las secó antes de pararse ante las puertas de acero y utilizar el escáner de huellas dactilares para hacer que la doble puerta corredera se abriera con un zumbido. Mientras caminaba por el pasillo y subía las escaleras que conducían a la casa, sopesó sus opciones.

¿Dejar que Ellie se saliera con la suya y devolviera el BMW? «No. Ni en broma. Necesita un vehículo seguro», pensó.

¿Convencerla para que lo aceptara? «Es poco probable», se dijo; Zane reconocía que parecía terca como una mula en cuanto a no aceptar el regalo. Se dio cuenta de que le gustaba esa mirada en ella. Era preferible a verla llorar, pero no iba a impedirle asegurarse de que manejara un auto fiable.

«¿Hacer que Chloe lo ayudara a convencerla? «Es una posibilidad, pero Chloe no ha vuelto a casa todavía y ni siquiera sabe que Ellie está viva», reflexionó.

¿Echarse a Ellie al hombro y meterla en el auto? «Sí. Esta idea tiene mérito porque desde el minuto en que Ellie desapareció me siento protector como un puñetero hombre de las cavernas», pensó. Ahora que la había encontrado, la necesidad imperiosa de asegurarse de que Ellie estuviera a salvo resultaba prácticamente abrumadora, un instinto compulsivo y crudo que apenas conseguía controlar.

«Compórtate. La asustarás. Demonios, me estoy asustando yo...», se increpó.

Zane se consideraba un tipo razonable, racional y lógico. Tomaba sus decisiones basándose en datos y hechos realistas. Últimamente no estaba reaccionando con su sensatez habitual; estaba rindiéndose a emociones y pasiones que no parecía capaz de controlar. Nunca había experimentado esa clase de sensaciones y en el caso de Ellie, le confundía ser incapaz de controlar sus propias palabras o su comportamiento en ocasiones.

Por alguna razón, ella siempre había sido una mujer a quien quería conocer mejor, pero terminaba evitándola porque en el pasado la consideraba vedada. Sin embargo, eso no le había impedido preguntar por ella cuando hablaba con Chloe. Había estado a punto de estropearlo en el hospital al hacer saber a Ellie que, poco a poco, había llegado a conocer sus preferencias animando a Chloe a hablar de ella. Zane sabía que la comida asiática era la favorita de Ellie porque Chloe lo había mencionado. También le había contado que iba a enviarle sus bombones preferidos para sorprenderla por su cumpleaños hacía unos años. Zane preguntó cuáles eran y todavía recordaba exactamente qué empresa elaboraba los confites.

Zane activó la puerta metálica hacia el pasillo del garaje utilizando de nuevo el escáner de huellas dactilares y después abrió la puerta empujándola. Era una puerta oculta que, en realidad, no era detectable desde el interior de la casa, a menos que uno la buscara realmente.

Anduvo por el pasillo, pero se detuvo en seco cuando oyó la voz de Ellie. La veía en la mesa de la cocina con su portátil, con los ojos pegados a la pantalla mientras hablaba. Zane tardó un momento en percatarse de lo que estaba haciendo. Mantenía una videollamada.

«¡Las sesiones de terapia!», pensó al caer en la cuenta. Sabía que Ellie iba a utilizar el portátil nuevo para sus sesiones con una psicóloga de Inglaterra, pero no sabía que empezaban ese mismo día. Claro, en realidad no habían tenido oportunidad de mantener una conversación civilizada aquella mañana antes de que Zane se retirase a su laboratorio. Se apoyó contra la pared y se quedó inmóvil. No quería interrumpirla y escuchó su conversación descaradamente. Por desgracia para él, parecían estar terminando.

Ellie suspiró cuando parecía responder a la terapeuta.

—Gracias, Natalie. Me ha ayudado mucho hablar de cómo me siento. Sé que es muy tarde para ti, pero me alegro de que accedieras a ayudarme.

Zane observó a Ellie despidiéndose antes de confirmar otra cita para dentro de unos días. Esta cerró la computadora con una mirada pensativa en el rostro.

«Necesita hablar; necesita apoyo», pensó Zane. Cerró los puños, maldiciéndose por no saber cómo hablar con ella realmente. Quería estar ahí, ser su confidente. Simplemente no estaba seguro de cómo ser lo que ella necesitaba ahora.

Zane sabía que gran parte de Ellie quería olvidar sin más lo que le había ocurrido, al igual que él desearía poder hacerlo. Pero no era sano que ella siguiera negando haber quedado traumatizada por los siete meses de su horrible experiencia. No se curaría nunca si lo reprimía en su interior y no volvía a mencionarlo ni lidiaba con sus emociones.

Entró en la cocina y se sentó frente a ella.

—¿Quieres hablar de ello? ¿Cómo ha ido? —preguntó con la esperanza de que se le hubiera pasado el enfado de aquella mañana temprano. No quería que Ellie lo excluyera, aunque no tenía ni puñetera idea de qué decir.

Ella sacudió la cabeza, pero empezó a hablar de todas formas.

—Natalie cree que tengo estrés postraumático.

Zane levantó una ceja.

—¿Qué crees tú? —preguntó. No sabía mucho acerca de salud mental, pero apostaría a que la mayoría de los sobrevivientes de experiencias parecidas a la sufrida por Ellie estaban destinados a padecer síntomas de estrés postraumático.

—Supongo que, probablemente, sí. No puedo oír ruidos que me recuerden el tiempo como prisionera de James sin asustarme ni ponerme nerviosa. A veces tengo recuerdos recurrentes. Por eso preferiría no reconocerlo siquiera. Pero me persigue. Mi vida es un caos por lo que ocurrió. Siento que he perdido mi independencia y toda mi vida por lo sucedido. Y todavía tengo miedo de lo que vaya a pasarme.

—Ellie, no te va a pasar nada. Estás en casa con gente a la que le importas en esta ciudad. No eres dependiente solo por necesitar un poco de ayuda de tus amigos ahora mismo. Has sufrido demasiado como para lidiar sola con esto —le dijo con sensatez—. Tómate el tiempo que te estoy ofreciendo. Tu vida volverá a la normalidad poco a poco. Solo necesitas tiempo.

Zane sentía, literalmente, su desesperación y su pena, y se le clavaban en el pecho como cuchillos. Quería hacer que todo mejorase para Ellie, pero se sentía condenadamente impotente. No podía borrar sus recuerdos ni el daño emocional que le había infligido el maldito James.

Ellie le dirigió sus ojos de zafiro al responder:

—Ese es el problema. Nunca he sido incapaz de cuidar de mí misma. Las cosas no están tan mal como pensaba que lo estarían. Alguien ha estado haciéndose cargo de mis facturas y tengo una cantidad inmensa de dinero en el banco. Tiene que ser Chloe y voy a tener que hablarlo con ella.

—No fue Chloe —confesó Zane—. Fui yo. Pagué tus facturas y metí dinero en tu cuenta para cubrir cualquier factura que pudiera estar domiciliada.

Ella lo miró sorprendida.

—¿Por qué?

Zane cerró los puños sobre la mesa.

—Porque no pensaba admitir nunca que no ibas a volver y quería que tu vida se acercara lo máximo posible a la normalidad cuando te encontrásemos. Como no estabas aquí para encargarte de las cosas, yo lo hice por ti. Eso es lo que hacen los amigos, ¿verdad?

No pensaba decirle que necesitaba encargarse de su vida privada, que necesitaba hacer todas esas cosas para convencerse de que volvería. En cierto modo, había sido terapéutico para él, una forma de convencerse de que Ellie no estaba muerta. Chloe estaba lidiando con suficientes problemas propios y Zane no quiso que su hermana se hiciera cargo de las responsabilidades personales de Ellie. Quiso hacerlo él mismo.

Ellie permaneció unos instantes en silencio antes de responder solemnemente:

—Gracias. Pero voy a tener que devolvértelo cuando encuentre trabajo.

—No necesitas un puñetero trabajo ahora mismo. Solo necesitas concentrarte en ponerte bien —le dijo él bruscamente.

—Tengo que encontrar trabajo, Zane. No puedo manejar esto. No puedo evitar querer sentirme normal de nuevo. Para mí, eso significa ganarme la vida —dijo llevándose el rostro a las manos en un gesto de derrota.

A Zane se le cayó el alma a los pies. Odiaba verla así. No estaba acostumbrado. Ellie era una mujer capaz, obsesivamente organizada y alegre. Verla prácticamente destrozada estaba matándolo.

—Entonces, trabaja para mí, Ellie —le ofreció sin pensárselo—. Te necesito. Echa un vistazo a esta casa y comprenderás por qué. Necesito un asistente personal en quien pueda confiar y eso es difícil de encontrar. Necesito que alguien me organice las cosas dentro y fuera del trabajo.

Ellie apartó las manos para mirarlo sorprendida.

—¿No tienes asistente?

—No. El último estuvo a punto de venderle secretos de la empresa a uno de mis competidores. Por suerte, lo atrapamos a tiempo. Desde entonces no he confiado lo suficiente en nadie, y eso fue hace unos cuantos años. Tenemos secretarios a distintos niveles de seguridad en el laboratorio, pero la mayoría no tienen acceso a documentos personales ni a los resultados de las investigaciones.

Ellie frunció el ceño.

—¿Alguien que trabajaba para ti intentó traicionarte? —preguntó Ellie.

No era la primera vez ni sería la última, sin duda, pero Ellie no comprendía lo que algunas personas estaban dispuestas a hacer por millones o miles de millones de dólares.

—Sé que piensas que soy un paranoico porque todo está bajo fuertes medidas de seguridad aquí, pero cuando estoy en casa tengo mucha información conmigo, resultados de investigaciones y proyectos que algunos de nuestros competidores querrían por malas razones. Tiene que estar protegida.

—Debe de haber montones de gente más cualificada para trabajar para ti. Yo no tengo estudios universitarios —sostuvo—. No sé nada de biotecnología.

Él se encogió de hombros.

—No importa. Solo necesito a alguien en quien pueda confiar, alguien que me ayude a mantenerme organizado fuera del laboratorio. Tengo fe en ti, Ellie. Si hay alguien que pueda hacer que me organice, eres tú.

Ella lo miró durante unos minutos antes de preguntarle.

—¿Qué tendría que hacer?

Zane le sonrió al darse cuenta repentinamente de cómo iba a conseguir que manejara su auto nuevo.

—Todo lo que yo diga. Lo primero que tendrías que hacer es aceptar el auto que te di. —La vio abrir la boca para protestar, así que sostuvo una mano en alto—. Vas a necesitar un coche. ¿Qué pasa si tienes que hacer recados o hacer algo por negocios?

Ellie lo fulminó con la mirada, pero dejó el tema.

—¿Cuáles serían mis obligaciones?

—Lo que yo quiera. Cuando te encuentres mejor, te darás cuenta de cuánto necesito un poco de organización en esta casa. Mi casa de Denver está más o menos igual, aunque está más limpia gracias a la empleada. Pero ella nunca quiere tocar mis cosas. Suelo estar tan ocupado pensando en proyectos actuales que no hago mucho más. —Cuanto más pensaba en ello, más le gustaba la idea de que Ellie aceptara el puesto como su asistente personal. Tal vez se estaba buscando pasar un infierno al tenerla mucho a su alrededor, pero era mejor que preocuparse todo el puñetero tiempo cómo estaba.

—¿Tendría que mudarme a Denver? —preguntó esta con cautela.

—No. Cuando esté allí, puedes quedarte conmigo. Mi casa allí es aproximadamente del mismo tamaño que esta. Vamos a estar yendo y viniendo —explicó. Quería empezar a pasar más tiempo en Rocky Springs. Su madre no iba a hacerse más joven y Rocky Springs seguía siendo su hogar.

—¿Estás haciendo esto porque realmente me necesitas o porque sientes lástima de mí? —preguntó Ellie con franqueza.

—Créeme, te necesito —respondió Zane sinceramente, con un doble sentido en sus palabras y el pene duro con solo sentarse frente a ella en una puñetera mesa de cocina. Reconoció para sus adentros que estaba desesperado por ella, pero no de una manera en que pudiera confesárselo a Ellie.

—¿Vas a dejar que te devuelva lo que ha costado el auto y las otras cosas que me has comprado con la nómina?

Zane negó con la cabeza.

—No. Son las ventajas de trabajar para un hombre rico. A veces, los asistentes personales reciben regalos.

—No como este —musitó ella en tono descontento—. ¿Cuál es el sueldo? ¿Y las prestaciones?

Zane puso un sueldo anual y le explicó las prestaciones; todo lo que sabía, en cualquier caso. Tenía un Departamento de Recursos Humanos que se encargaba de ese tipo de cosas.

—Dios mío. Es demasiado.

—No es mucho más de lo que le pagaba a mi último asistente —dijo Zane con insistencia—. Y eso fue hace unos años —aclaró. Hizo una pausa antes de añadir algo—. De verdad, Ellie, te necesito. Después de lo ocurrido, dudo que pueda volver a confiar en nadie para hacer este trabajo. —Contuvo la respiración mientras veía fruncirse el entrecejo de Ellie, con rostro pensativo. Se preguntó qué demonios estaba pensando, pero no quería interrumpir su proceso de reflexión para preguntárselo.

—De acuerdo. Lo hare. ¿Qué quieres que haga primero, jefe? —preguntó en tono de broma.

Zane exhaló un largo suspiro de alivio.

—Quiero que te recuperes y que seas feliz —refunfuñó—. Nada de trabajo hasta que te sientas preparada.

Ella asintió marcadamente.

—Estoy preparada.

—Listilla —carraspeó él.

—Zane, ya estoy aburrida —lo engatusó—. Dame algo que hacer.

—Vamos a la ciudad. Necesito un corte de pelo y quiero ver la librería nueva.

Ellie se pasó una mano por el cabello.

—A mí también me haría falta un corte de pelo. Iba a hacerlo yo misma, pero temía fastidiarlo porque no puedo verme la nuca muy bien.

—Entonces, vamos —dijo poniéndose en pie de un salto. Le ofreció la mano. Esperaba.

«Vamos, corazón. Toma mi mano. Déjame ayudarte, joder», pensó.

—Tenemos que ir al supermercado. No puedo seguir cocinando de la nada. Necesitamos más comida.

A Zane no se le escapó el destello de miedo que le cruzó la cara cuando habló de necesitar más provisiones. Obviamente, andar escasos de comida le daba miedo.

—Llenaremos la despensa. Lo prometo.

La llevaría a cenar aquella noche y después podrían comprar más cosas. Zane estaba casi convencido de que ir a la ciudad era seguro.

O bien los medios de comunicación se habían rendido y pasado a una nueva historia, o bien seguían acampados en el hospital, en Denver.

Tate había mencionado que se había encargado del problema y Zane no hizo preguntas. Conociendo a su hermano pequeño, se habría inventado una buena historia y de algún modo habría conseguido alejar a todos de Rocky Springs.

Zane estuvo a punto de gemir de placer cuando Ellie colocó su mano más pequeña en la de él y dejó que la levantara. Su manera de confiar en él lo anonadaba después de todo lo que había sufrido.

Cuando su miembro dilatado amenazó con reventarle la cremallera de los pantalones, Zane supo que, si el roce de su mano se lo ponía tan duro, iba a ser una velada muy larga.

Capítulo 6

E llie estaba agotada, caminando por Main Street en Rocky Springs, toqueteándose el pelo corto rizado al salir de la peluquería. Siempre había tenido el pelo un poco ondulado; ahora, con un estilo que apenas le llegaba a los hombros en lugar de la parte baja de la espalda, tenía los rizos grandes más marcados.

Sonrió al verse en el escaparate de una tienda de ropa local, recordando cómo la había apoyado Zane yendo a la peluquería con ella. Incluso se había cortado el pelo a su lado. El estilo más corto le sentaba bien.

«Como si no estuviera ya bastante bueno…», pensó. La estilista le había cortado el pelo corto, haciendo que los ojos grises Colter resaltaran y resultaran aún más expresivos.

—Y yo parezco un caniche —musitó para sus adentros mientras soltaba el rizo con el que había estado jugueteando. El estilo estaba bien, pero sin el largo, pensaba que su pelo se parecía bastante al del can de pelo rizado.

Aun así, se sentía agradecida de todo corazón de que Zane hubiera sido tan amable como para sentarse a su lado mientras la peluquera le saneaba el pelo dañado y encrespado.

«Solo es pelo», había dicho Zane. Tenía razón, por supuesto. Ellie no era vanidosa y no lloraba la pérdida de su único atractivo físico decente. Era darse cuenta de que toda aquella horrible experiencia que había durado meses empezaba a pasarle factura ahora que estaba recuperándose.

Abrió la puerta de la tienda de ropa con un suspiro al recordar las exigentes palabras de despedida de Zane mientras cruzaba la calle para entrar en la librería. Mientras tanto, ella compraría unas cuantas prendas básicas más después de ir al supermercado y cargar la compra en el todoterreno.

«No salgas de la tienda sin todo lo que quieras». Por supuesto, Ellie no iba a comprar todo lo que quisiera. Nunca lo hacía. Vivía con un presupuesto ajustado, pero tenía casi todo lo que necesitaba para apañárselas durante una temporada. Gracias a Zane, tenía más dinero en su cuenta bancaria del que había visto en toda su vida. Sus planes de futuro consistían en llevar la contabilidad de lo que le debía y saldarlo mientras trabajara para él. Por desgracia, Zane no estaba dispuesto a decirle exactamente cuánto se había gastado, pero podría hacer una estimación bastante precisa.

Se le levantaron los ánimos al pensar en trabajar para Zane y aprender cosas nuevas como su asistente. Quería ser como una esponja y empaparse todo lo posible de biotecnología. Quería ser valiosa para Zane y sabía que podía serlo, especialmente si requería organización, una habilidad que él necesitaba desesperadamente y en la que Ellie sobresalía.

Al entrar por la puerta, chocó con una mujer que se apresuraba hacia la salida.

—Lo siento —se disculpó Ellie.

—Ha sido culpa mía. Siempre voy con prisas —dijo la mujer menuda sin aliento. Hizo una pausa momentánea antes de añadir—: ¿Ellie?

Era su antigua casera, la dueña del edificio donde estaba su viejo apartamento.

—Hola, Gina.

—Ay, Dios mío. ¡No me lo puedo creer! —dijo con un gritito, abrazando a Ellie con fuerza antes de retroceder un paso—. Te ves…

—¿Cansada? —sugirió Ellie, que se sentía agotada y era consciente de que su cuerpo estaba ahora tan poco habituado a la actividad física que tardaría un tiempo en volver a desarrollar la resistencia.

—No, no, no —negó Gina—. Te ves bien. Solo, distinta.

«Probablemente porque estoy delgada y tengo el pelo como un caniche», pensó ella.

—Ser secuestrada puede cambiar a una persona —bromeó Ellie, que aún no sabía cómo responder a la gente que la miraba como si fuera un fantasma. Había vivido en Rocky Springs durante toda su vida y conocía a muchos de sus residentes. Parecía extraño que la mirasen como si hubiera regresado de entre los muertos. Bueno, tal vez tenían razón en gran parte.

—Te ves bien —dijo Gina sonriéndole.

—Siento que tuvieras que desahuciarme. Perdiste el dinero de mi apartamento. Me gustaría devolvértelo.

Gina parecía estupefacta.

—No perdí el dinero y nunca te eché. Todo lo pagó uno de los chicos Colter cada mes. El científico. Hizo que sacaran tus cosas hace poco, cuando te encontró con vida. —Rebuscó en su bolso y le entregó un sobre a Ellie—. El apartamento estaba en perfectas condiciones. Gracias por hacer que lo limpiaran. Este es tu depósito. Extendí el cheque, pero no estaba segura de dónde mandarlo.

Ellie tomó el cheque distraídamente y se lo metió en el bolsillo del abrigo.

—¿Así que no tuviste que meter mis cosas en un almacén? ¿Mi alquiler se pagó puntualmente siempre?

—Por supuesto —respondió Gina honestamente—. Y no te habría echado hasta saber lo que había ocurrido. Sabía que desaparecer no era propio de ti. Sabía que algo malo había sucedido.

«Eso significa que Zane mintió. Pero ¿por qué?», pensó Ellie.

—Gracias —contestó con aire incómodo.

Gina le dio una palmadita en la mejilla.

—De nada. Házmelo saber si puedo hacer cualquier cosa para ayudarte.

Ellie la observó mientras Gina se giraba y tiraba de la puerta hasta abrirla.

—¿Gina? —dijo espontáneamente—. ¿Has vuelto a alquilar el apartamento?

La otra mujer sonrió.

—Alguien acaba de firmar hoy.

«¿Hoy? ¿No lo habían alquilado antes? ¿Otra mentira?».

Ellie intentó sonreír mientras contestaba a la mujer, que se marchaba.

—Gracias.

Gina se despidió con un aspaviento saliendo apurada por la puerta.

Ellie se sentía confusa, la cabeza repleta de preguntas. ¿Por qué había mentido Zane acerca de que el apartamento ya estuviera alquilado? ¿Por qué no le había dicho que había pagado el alquiler todos los meses? ¿Por qué no había dejado que volviera a su propio apartamento? Estaba claro que el quedarse con él no era un accidente. Zane lo había amañado para que así fuera. Se había asegurado de que no tuviera absolutamente ninguna alternativa excepto quedarse con él.

Estaba enfadada, furiosa de que no hubiera sido completamente sincero con ella. Sintiéndose en un dilema porque había cuidado muy bien de ella, Ellie fue a buscar algo de ropa con la esperanza de que Zane tuviera una muy buena explicación.

—Sé que eres un maldito genio, pero ¿de verdad necesitas tantos libros?

Zane se quedó inmóvil al escuchar la voz sarcástica de su hermano Tate a su espalda. Abrazándose los libros al pecho para que su hermano no pudiera ver lo que eran, se volvió lentamente, para darse cuenta de que no solo Tate estaba en la librería. Blake, Tate y Marcus lo miraban de manera inquisitiva.

—Resulta que me gusta leer. Al contrario que al resto de vosotros, me gusta mantener la mente activa —respondió a la defensiva—. ¿Qué demonios hacéis aquí todos?

—Lara va a volver tarde a casa de la universidad y hoy tampoco está mamá, así que todos hemos salido a comer algo —confesó Tate.

Zane sonrió con sorna, a sabiendas de que ninguno de sus hermanos cocinaba nada que valiera un centavo, igual que él. Su madre los había malcriado a todos siendo un clon de Betty Crocker. No hubo un momento durante toda su infancia en que su madre no cocinara como una descosida, porque le encantaba hacerlo. Todavía le encantaba. Y Zane se aprovechaba del hecho de que a su madre le gustaba cocinar tan a menudo como podía. Sabía cuándo estaban en casa sus hermanos; ellos también la buscaban oportunamente a la hora de la cena.

Tate le quitó los libros de la mano a Zane antes de que este pudiera impedírselo y se enojó cuando su hermano miró los títulos.

—Son todos libros de relaciones —dijo Tate despacio, levantando una ceja mientras leía detenidamente el más grueso, acerca de cómo enamorar a una mujer.

—¿Sí? ¿Y qué? —replicó Zane, arrancándole los libros enojado.

—No sabía que estabas viendo a alguien —dijo Blake en tono ligeramente dolido.

—No estoy viendo a nadie —reconoció Zane.

—¿Entonces qué pasa con los libros? —inquirió Marcus con curiosidad.

Zane no iba a permitir ni loco que sus hermanos lo ridiculizaran por querer libros de autoayuda. Al menos, él sabía que necesitaba ayuda. Tate había tenido mucha suerte de encontrar a una mujer como Lara, y Blake y Marcus estaban demasiado ocupados con el trabajo como para preocuparse por hacer nada excepto acostarse con alguna mujer cuando sentían la necesidad.

Blake hojeó otro montón en la mesa que estaba justo al lado de Zane.

—¿Estos también son tuyos? —Hizo una pausa antes de añadir—: Estos son distintos. Son libros de psicología: estrés postraumático, recuperación emocional después del trauma y manejo del estrés postraumático.

—¿Ellie? —supuso Marcus—. ¿Cómo está?

Zane se percató de que a Tate le habría gustado seguir metiéndose con él, algo que los hermanos hacían mucho, pero la pregunta de Marcus acalló a su hermano pequeño.

Zane se encogió de hombros.

—Está lo mejor posible teniendo en cuenta que la apalearon, estuvo prisionera durante meses en un zulo preguntándose cuándo decidiría matarla James y a punto de morir de inanición.

—¿Estás liándote con ella, Zane? —preguntó Tate con tono más serio—. Yo estoy totalmente a favor de que se quede contigo, donde está a salvo. Incluso ayudé a que eso sucediera. Pero todavía no se ha recuperado…

—No —le dijo Zane a su hermano con vehemencia—. No estamos liados. Es mi amiga. Quiero entenderla. Quiero ayudarla —contestó en tono tenso, deseando más que nada que eso fuera todo lo que quisiera de Ellie. Pero estaría engañándose. Quería más algún día, pero, sobre todo, quería que fuera feliz.

—Ayudaste —respondió Marcus con sensatez—. Le salvaste la vida. Eres el único que no renunció a ella a excepción de Chloe. Sigue siendo un puñetero milagro que esté viva, si me lo preguntas.

—No te lo he preguntado —respondió Zane enojado—. No quiero hablar de Ellie. Ya ha sufrido bastante.

—Te gusta. Si no es así, tendré que preguntarme por tus gustos en la lectura —replicó Blake con una sonrisa.

Sinceramente, Zane no había planeado comprar tantos libros. Pero todos le habían llamado la atención al echar un vistazo en la pequeña librería.

—Quiero entenderla —espetó a sus hermanos—. Quiero saber por lo que ha pasado y ayudarla a superar todo esto. Perdió toda su puñetera vida y no es justo. Y todo por un cabrón que se cruzó en su camino.

—No va a recuperarse de la noche a la mañana, Zane —advirtió Blake—. Podría pasar un tiempo hasta que empiece a sentirse medianamente normal otra vez.

Dejando los libros de un golpe sobre la mesa, junto a los libros de psicología que había elegido, se cruzó de brazos e hizo frente a su hermano.

—No me importa cuánto tiempo le lleve. Estaré ahí para ella.

—Es posible que no esté preparada para una relación ahora mismo, Zane. Le salvaste la vida y se sentirá agradecida —musitó Tate—. Sus emociones van a enmarañarse. Ahora mismo, eres su héroe.

Zane sabía que sus hermanos estaban intentando protegerlo, pero le ponía furioso que insinuaran que no él podía gustarle realmente a Ellie.

—No estoy buscando una relación ahora mismo. Solo estoy intentando corregir un mal para una amiga.

—¿Entonces qué pasa con los libros? —preguntó Marcus apoyando la cadera contra la mesa mientras se cruzaba de brazos—. ¿Planeas conocer a la mujer de tus sueños próximamente?

—¿A ti qué te importa? —gruñó Zane, que no pensaba reconocer que quería que Ellie tuviera cosas que nunca había experimentado ni tenido. Quería ser él quien la hiciera volver a sentirse viva. Excepto que no sabía absolutamente nada acerca de cómo cortejar a una mujer—. Soy un empollón de ciencias que pasa todo su tiempo en un laboratorio. Tal vez necesito aprender algo sobre las mujeres.

—Tú solo preocúpate por ella como has venido haciendo. Eso es todo lo que tienes que hacer, en realidad —respondió Tate con voz ronca, tono que evidenciaba que estaba pensando en su esposa.

—No es tan sencillo —contradijo Zane con voz áspera, deseoso de hacerles comprender, como si pudieran ayudarlo realmente—. Me importa Ellie. Siempre me ha importado. Pero quiero más de lo que he tenido antes con ella. La quiero más que nunca. O puede que los sentimientos siempre hayan estado ahí y simplemente la viera como vedada porque era la mejor amiga de Chloe. Ahora, desearía haberla buscado cuando ambos nos hicimos adultos. Quizás esto nunca le habría ocurrido. ¿Sabéis que nunca ha experimentado nada ni remotamente romántico con un chico? ¿Qué cojones les pasa a los hombres de esta ciudad? Ella se merece el romance. Nunca lo ha experimentado y, por lo visto, es algo con lo que sueña la mayoría de las mujeres. Quiero darle todo lo que ella quiera. ¡Joder! Sé que es muy pronto, pero supongo que, tarde o temprano, espero… —su voz se apagó; no estaba seguro de qué más decir. Caramba, ni siquiera él mismo comprendía sus acciones. Lo único que sabía era que sentía el impulso de volver a hacer sonreír y reír a Ellie.

Zane observó a sus hermanos mirándose los unos a los otros antes de volverse hacia él.

—Estás jodido —le dijo Tate sencillamente.

Blake y Marcus asintieron, de acuerdo, con expresiones sombrías.

—¿Por qué? —se sintió obligado a preguntar Zane.

Tate se encogió de hombros.

—Lo descubrirás cuando Ellie se convierta en lo único en lo que puedes pensar, en una obsesión que no puedes controlar. Cuando empieces a preocuparte por su seguridad y por si es feliz o no porque tienes la certeza de que no puedes vivir sin ella.

—Ya estoy ahí —respondió taciturno, a sabiendas de que su hermano pequeño era el que más experiencia tenía en las relaciones, ya que era el único hermano casado—. No sé demasiado sobre lo ocurrido durante los meses de su cautiverio. A veces, no quiero ni pensarlo porque me da miedo perder la cabeza. Demonios, incluso yo tengo pesadillas al respecto y ni siquiera estaba allí. Estoy furioso porque Ellie no se merecía lo que le ocurrió y ni siquiera puedo matar a James por hacerle daño, porque ya está muerto.

—Yo sentiría lo mismo, hermano —reconoció Tate—. Aquella vez en que Lara se sacrificó a un terrorista para salvarme la vida, yo perdí el control cuando él le puso la mano encima. Lo entiendo. Pero Lara no sufrió lo que ha sufrido Ellie. No pasó meses en cautiverio, tratada como si no fuera humana. No estoy seguro de que yo pudiera soportarlo sin perder la cabeza. Pero va a necesitar hablar de ello antes de poder centrarse en una relación real. Sé que esto no es de gran ayuda, pero limítate a estar ahí para ella.

—Necesita tiempo —afirmó Blake sin rodeos—. ¿Está recibiendo terapia?

Zane asintió.

—La misma que Chloe. La Dra. Townson cree que Ellie tiene estrés postraumático. ¡Maldita sea! No quiero que tenga que volver a tener miedo. Ya se ha terminado.

Marcus asintió.

—Tiene sentido que sea TEPT. Zane, una persona no puede sufrir un largo periodo de reclusión como ese sin que su psique sufra algún daño.

—Está manejándolo bien. Muy bien —explicó Zane—. Mejor de lo que lo haría la mayoría de la gente. Pero a veces veo el miedo en sus ojos, y me está matando, joder. —Si alguien lo metía en un laboratorio, estaba en su elemento. Fuera del trabajo, era como un pez fuera del agua. No sabía qué hacer ni qué decir para ayudar a Ellie a recuperarse.

—Entonces sigue apoyándola —sugirió Blake—. Dale tiempo.

—Hablas como un tipo que nunca ha querido tanto a una mujer que haría cualquier cosa para conquistarla —musitó Tate—. Si quieres una relación de verdad con una mujer que te vuelve loco, las cosas se complican.

Las cosas ya eran mucho más que complicadas para Zane. Y no quería nada más que reivindicar a Ellie de la manera más elemental posible. Sin embargo, también quería que se sintiera segura. ¿Cómo demonios manejar esas dos emociones en conflicto? En su mente, uno o bien quería acostarse con una mujer, o bien quería protegerla, como él quería proteger a su hermana pequeña, Chloe. Para él, esas dos emociones nunca habían coexistido.

—Lidiaré con ello —les dijo Zane a sus hermanos, intentando con todas sus fuerzas sonar mucho más seguro de la situación de lo que se sentía en realidad.

Tate resopló cuando Zane recogió sus libros para ir a pagarlos.

—Eso es lo que decía yo cuando se me ponía dura cada vez que miraba a Lara.

Zane se abrió paso a la caja, pero sus hermanos lo siguieron de cerca.

—Lara es lo mejor que te ha pasado en la vida —respondió Zane bruscamente, a sabiendas de que él daría cualquier cosa por tener lo que tenía Tate: una mujer que lo amaba con todos sus defectos.

Tate se encogió de hombros.

—No lo negaría nunca —dijo con voz inquebrantable—. Pero puede ser un infierno antes de que empiece la luna de miel.

Zane le entregó el dinero a la cajera, gesticulando que se quedara con el cambio mientras recogía las bolsas de libros. Dio media vuelta para salir y fulminó a sus hermanos antes de abrirse paso a empujones entre ellos, mientras les informaba:

—No va a haber luna de miel. ¡Dios! Ahora mismo solo quiero ayudarla, ¿vale? Ellie ha pasado por un infierno. Ahora mismo necesita a alguien.

—¿Quieres que la acoja durante una temporada? —preguntó Blake débilmente—. No me importaría tenerla de invitada. Siempre me ha gustado Ellie y tengo mucho sitio en el rancho.

—A mí tampoco me importaría ayudar —Marcus se hizo eco de la oferta de su hermano gemelo—. Voy a estar por aquí durante las vacaciones.

Zane se salió de sus casillas ante la idea de que Ellie estuviera con cualquier otro hombre que no fuera él, incluso sus hermanos. No se preocuparían por ella como lo hacía él.

—Ni hablar. Y si cualquiera de vosotros os ofrecéis, haré que os arrepintáis —les dijo en tono amenazador antes de rodearlos y salir inmediatamente de la librería sin siquiera mirar atrás.

Los otros tres hermanos Colter se lanzaron miradas inquisitivas.

—Está realmente jodido —dijo Tate solemnemente—. ¡Mierda! Quiero que sea feliz, pero es posible que se le avecine un camino lleno de baches. Ellie está confusa. No va a saber lo que quiere hasta que haya tenido un poco de tiempo y terapia.

Blake asintió despacio.

—Zane le dará tiempo. Hará lo mejor para Ellie.

—¿Estáis ciegos los dos? Es perfecta para él —dijo Marcus arrastrando las palabras—. Siempre lo ha sido. Simplemente es el momento más inoportuno.

Tate miró a Marcus con una expresión de sorpresa.

—¿Cómo sabes que es la adecuada para Zane?

Marcus puso los ojos en blanco.

—Es pura observación. Las pocas veces que los he visto juntos desde que Zane se fue de Rocky Springs resultaba evidente. He visto cómo se miran. No me cabe duda de que Ellie siente algo verdadero por Zane. No es un caso grave de culto al héroe. A ella siempre le ha gustado él y a él siempre le ha gustado ella. Me sorprende que no la haya buscado antes. Quizá se deba a que era la mejor amiga de Chloe. No creo que se diera cuenta de cuánto la quería hasta que ella desapareció.

—¿Y si te equivocas? —preguntó Blake bruscamente.

Marcus miró a sus dos hermanos durante un instante antes de responder con una certeza que sonó muy parecida a la arrogancia.

—Yo nunca me equivoco.

Tate y Blake vieron a Marcus dar media vuelta y caminar hacia la salida, su declaración aun pendiendo en el aire. Los dos sacudieron las cabezas y, al final, lo siguieron, sin que a ninguno se le ocurriera una réplica aguda.

Capítulo 7

Zane dejó su pesada carga en el coche antes de cruzar la calle en busca de Ellie. No es que se avergonzara de lo que había comprado, pero probablemente sacaría a relucir preguntas que no quería ni podía responder en ese momento.

Su instinto le llevaba a aprender acerca de lo que había sufrido Ellie, y quería comprender el trauma que había experimentado. Se sentía condenadamente inútil a la hora de reconfortar a la preciosa mujer, que necesitaba consuelo. El problema era que nunca había sido un tipo romántico y, desde luego, no había tenido amigas que hubieran pasado por lo mismo que Ellie.

«Tal vez debería haber llamado a Chloe para que volviera a casa», pensó. Sacudió la cabeza mientras caminaba hacia la tienda de ropa, a sabiendas de que su hermana pequeña iba a enfadarse. Pero, en definitiva, estaba de acuerdo con Ellie. Chloe tenía sus propios problemas que resolver y se merecía un tiempo alejada de todo. Sin duda, se sentiría culpable porque Ellie estuviera delicada de salud debido al secuestro. Zane sabía que Blake probablemente ya se lo había contado a Gabe. Blake y el marido de Chloe eran mejores amigos desde hacía mucho tiempo. Evidentemente, Gabe sintió que era mejor esperar hasta que Chloe volviera a casa; de lo contrario,

Zane sabía que su hermana pequeña ya habría vuelto de su viaje. Habría sido imposible mantenerla alejada de Rocky Springs si supiera que se había encontrado a Ellie con vida.

Zane respetaba el que Ellie quisiera tiempo antes de ver a Chloe. En realidad, era decisión suya. Él ya había hecho bastantes cosas engañosas para obligarla a aceptar un poco de ayuda. Tenía que poner el límite en actuar directamente en contra de su decisión.

Avanzando un poco más rápido, Zane se metió las manos en los bolsillos de su chaqueta de plumas. Ya había oscurecido y hacía mucho frío; empezaba a caer una ligera nevada.

Se detuvo en seco al ver a Ellie frente a la tienda de ropa, sintiéndose como si le hubieran dado una puñalada en el estómago. «¿Qué demonios…?», pensó. Ellie parecía horrorizada. Un equipo de cámara móvil y un reportero estaban directamente frente a ella, con el foco apuntándole al rostro. Ella no hablaba. En lugar de eso, no dejaba de sacudir la cabeza.

Zane solo consiguió verle la espalda al reportero, pero al mirar la calle con atención, vio una furgoneta con el logotipo de un canal de televisión local. Al dar un paso adelante con la mandíbula apretada, supo que iba a hacer que a este reportero en particular le resultara físicamente imposible molestar a Ellie próximamente.

—¡Mierda! —carraspeó viendo cómo Ellie se abría paso entre la multitud congregada a su alrededor y salía disparada… directamente hacia él. La atrapó fácilmente, interponiéndose en su camino para que su cuerpo pudiera detenerse cuando chocara con él. Abrazándola, la sujetó firmemente.

—Zane —dijo reconociéndolo llorosa—. Lo siento. No puedo hablar con ellos ahora mismo. No quiero recordar. No quiero hablar de lo que pasó. —Su voz sonaba aterrorizada y asustada, una voz que nunca le había oído.

—No tienes que hacerlo —susurró acariciándole la cabeza.

—Sra. Winters —dijo con insistencia la voz grave y masculina del reportero. Solo un par de preguntas. —El joven reportero se había abierto camino hasta Ellie, seguido por el foco y la cámara.

—No puedo —sollozó Ellie—. No puedo hacerlo ahora mismo.

Zane sintió emerger la ira, una emoción que nunca había experimentado con tanta intensidad.

—Apaguen la maldita cámara —informó al equipo de la televisión—. Nada de entrevistas. —Su voz más bien parecía un gruñido cuando habló; le resultaba imposible ignorar su instinto de proteger a Ellie de cualquier cosa que la disgustara.

Mirando con enfado al reportero, Zane exigió:

—Márchense. Lleven su trasero de vuelta a Denver o me aseguraré de que nunca puedan volver a hacer una entrevista. Ellie ya ha sufrido bastante —dijo. «Dios, odio a estos chupasangres». Los periodistas no dejaban de hurgar hasta que a sus víctimas prácticamente les sangraban las heridas.

—No es como si estuviéramos en su propiedad —replicó el reportero en tono sarcástico—. Tenemos derecho a informar de la noticia.

Zane perdió los estribos.

—No está informando de ninguna noticia. Está disgustando a una víctima que ha pasado por una experiencia horripilante sin ningún motivo y sin culpa de su parte. El autor está muerto. Solo quiere este reportaje para entretener a los curiosos que quieren conocer los detalles. —Se detuvo e inspiró largamente—. Márchense de Rocky Springs y no vuelvan.

—No puede hacer que me marche —respondió el periodista.

—Parece que tiene las manos ocupadas. Pero, si él no puede hacer que se marchen, yo sí puedo —dijo arrastrando las palabras una voz de barítono desde detrás de Zane.

Era Marcus. Aunque Blake y Marcus tenían una voz muy parecida, la confianza y suavidad eran todas del hermano mayor de Zane.

—¿Quieres que lo sujete? —inquirió Blake.

—Te ayudo —se ofreció Tate en tono enojado—. ¡Mierda! Creía que había cubierto vuestro rastro tan bien que nadie la encontraría. Lo siento, Ellie.

Zane deseaba poder quedarse para estampar al insistente reportero contra una pared en algún sitio y callarle, pero Ellie estaba temblando en sus brazos.

—Vamos al auto. —Volviéndose, la rodeó con un brazo protector y la apremió hacia el todoterreno aparcado calle abajo.

—Nosotros nos encargaremos de esto —dijo Marcus estoicamente mientras Zane y Ellie lo adelantaban.

Zane asintió.

—Lo sé. Gracias. —Sus hermanos se asegurarían de que los medios de comunicación salieran de la ciudad, costara lo que costara.

Ellie levantó los dedos para secarse las lágrimas violentamente.

—Lo siento. Ha sido tonto por mi parte disgustarme tanto por un reportero.

—No es una tontería —replicó Zane—. Si no estás preparada, no tienes que hablar de ello. Si nunca llegas a estar preparada, nunca tendrás que decir nada del tema.

Ellie se había reunido con la policía y había prestado declaración. Pero con el culpable muerto, anotaron su breve explicación sin los detalles y cerraron el caso. Zane se había sentido aliviado, aunque sabía que, algún día, Ellie tendría que ahuyentar sus demonios hablando de ello.

«Tal vez hable con Chloe», pensó. Miró fijamente su perfil mientras caminaban, percatándose de que parecía exhausta. Cuando llegaron a su auto, se sintió culpable por no llevarle las bolsas. En su sed de sangre del reportero que había abordado a Ellie, no las había visto. Tampoco parecía que hubiera comprado demasiado. Solo llevaba dos bolsas pequeñas.

—Yo las llevaré. Sube. —Tomó sus bolsas y le abrió la puerta antes de dirigirse al maletero y meter sus cosas. Se deslizó en el asiento del conductor, cerró la puerta y encendió el motor para que se calentara el auto.

Ellie intentaba apartarse la nieve del pelo con los dedos fríos.

—Espero que te compraras un poco más de ropa de invierno —refunfuñó mientras arrancaba sin molestarse en mirar atrás. Zane confiaba en que sus hermanos se encargaran de la situación con el reportero.

—Tengo ropa de invierno entre mis pertenencias. Simplemente aún no lo he ordenado todo —dijo dubitativa. Evidentemente, seguía susceptible—. Tengo lo que me compraste, pero no creí que fuera a estar mucho tiempo fuera. —Inspiró hondo—. Siento la escenita emotiva.

—¿Te han asustado? —preguntó Zane tensando los dedos en torno al volante, enojado con cualquiera que hiciera que Ellie se disgustara.

—En realidad, no me han asustado —dijo Ellie con un suspiro—. Simplemente no quiero revelarle mi humillación a todo el mundo. No sé si podré hacerlo nunca.

Ellie sentía vergüenza y eso estuvo a punto de hacer que Zane perdiera los estribos.

—No fue tu culpa. Nada de ello fue tu culpa.

—Pero eso no hace que resulte menos humillante —replicó Ellie.

Al doblar una esquina para dirigirse de vuelta a su casa, Zane musitó una maldición antes de responder. James era un psicópata y él todavía recordaba cómo Ellie le había relatado brevemente que le hizo suplicar comida y agua.

—No te sientas avergonzada —dijo con voz áspera—. James era el sociópata y tú eras su víctima. Hace falta mucho valor para sobrevivir a lo que tú has sobrevivido, Ell.

—Dejé que jugara conmigo. Dejé que jugara con mi mente —respondió ella con tristeza—. Sabía lo que estaba haciendo y le di exactamente lo que quería.

—¿Qué elección tenías? —le espetó Zane.

Ella no respondió y el silencio largo e interminable hizo que se percatara de que no había tenido elección. Un loco cretino a quien le gustaba atormentar a las mujeres la había despojado de su libertad, respeto y dignidad.

Zane se sintió aliviado cuando por fin ella respondió en voz baja.

—Ninguna. No tenía elección. Era vivir o morir. La superviviente en mí se negaba a rendirse.

—Menos mal, gracias —dijo Zane con voz ronca—. Me habría enojado bastante si hubiera aparecido en la cabaña y ya estuvieras muerta.

Ellie rio, un sonido que golpeó de lleno en el pecho a Zane. No había oído reír a Ellie desde hacía mucho tiempo. Si su humor negro la hacía sonreír, dejaría ser políticamente correcto encantado.

—Me alegro de no haberte decepcionado —contestó Ellie con un bufido.

Zane sonrió levemente al entrar en terreno Colter y avanzó hacia su casa.

—Siento haber dejado que un reportero tuviera oportunidad de hablar contigo. Se supone que tengo que mantenerte a salvo.

—Y lo haces. No ha sido culpa tuya —sostuvo Ellie—. Zane, no puedes protegerme del mundo siempre, independientemente de cuánto agradezca que lo intentes.

—Vaya que no puedo —contestó. Había metido la pata dejando que sus hermanos le taparan la vista de dónde estaba Ellie. De ahora en adelante, ella permanecería a salvo.

—También me da miedo —dijo Ellie en voz baja.

—¿Qué? —inquirió Zane, deseoso de saber qué temía para hacerlo desaparecer.

El silencio se alargó mientras Zane conducía por la finca Colter; la oscuridad de la noche le impedía ver la expresión de Ellie.

Finalmente, la instó.

—Háblame, Ellie. ¿De qué tienes miedo?

—Tengo miedo de que vuelva a ocurrir —reconoció apurada—. Sé que las probabilidades de volver a ser secuestrada son prácticamente inexistentes, especialmente porque James murió. Racionalmente, lo entiendo. Pero no puedo evitar sentir ansiedad cuando alguien se aproxima a mí, incluso de una manera que no resulte amenazante. Si es alguien a quien no reconozco como amigo, tengo una reacción instintiva de salir corriendo. Hasta hace poco, parecía tener la misma reacción, aunque fuera un amigo, pero no tan fuerte como cuando se trata de un extraño. —Tomó una bocanada profunda y temblorosa antes de proseguir—. Sé que no tiene sentido. Sabía que ese tipo era reportero. Pero cuando se me plantó delante insistiendo en que hablara de mi experiencia, fue como si fuera a ocurrir otra vez.

Zane revivió su frustración con el periodista.

—Era un imbécil avasallador, Ell. Tienes todo el derecho del mundo a ser cautelosa. Demonios, creo que eres increíblemente valiente por volver a salir de casa.

—Quiero hacerlo. No puedo vivir con miedo, Zane —insistió Ellie—. Quiero volver a sentirme normal. Esta es mi ciudad. Crecí aquí. Nunca me había ocurrido nada traumático aquí… —su voz fue apagándose; sonaba como si temiera mencionar el único acontecimiento devastador que había vivido en Rocky Springs.

Zane estiró la mano en la oscuridad, buscando el contacto con Ellie; odiaba que estuviera sufriendo sola. No tenía ni la más remota idea de cómo lidiar con el miedo de Ellie ni con su propia inquietud sobre su seguridad.

Sus manos se conectaron y a Zane se le cayó el alma a los pies cuando ella se apartó de él durante un instante, pero después estiró la mano y, confiada, entrelazó sus dedos con los de él. Zane sintió una ternura atroz en el pecho cuando Ellie estrechó el apretón, haciéndole saber sin palabras que confiaba en él, que su reacción inicial no era más que algo instintivo y momentáneo.

Pasados unos minutos de silencio, Ellie preguntó:

—¿Por qué no me dijiste que te encargaste de mi apartamento? Me mentiste cuando me contaste que ya estaba alquilado.

Zane le contó la verdad porque Ellie se lo merecía.

—Quería que tu casa estuviera esperándote. Quería que tu vida fuera lo más normal posible cuando volvieras. No sabía que te encontraría al borde de la muerte. Cuando empezaste a negarte a volver a casa conmigo para recuperarte, renuncié a tu apartamento para que tuvieras que estar conmigo. Sé que fue rastrero y siento haberte mentido. Pero no siento que estés conmigo aquí, donde tienes tu sitio. Ahora mismo, yo necesito que estés conmigo tanto como tú necesitas que alguien esté contigo para estar a salvo y no estar sola.

«Dios. Estoy desesperado por verla a cada instante», se percató.

—¿Por qué?

—Porque necesito la seguridad de que realmente estás viva, caramba, y de que te estás recuperando —le dijo a regañadientes—. Todo esto: tu desaparición, la larga búsqueda, los días interminables preguntándome dónde estabas y qué demonios te había pasado, preguntándome si estabas viva o muerta... todo esto me aterró y, aunque sé que estás viva, el miedo no ha desaparecido. —Zane empezaba a preguntarse si desaparecería alguna vez.

Ellie guardó silencio durante un momento antes de responder finalmente.

—Creo que tienes razón. Creo que ahora mismo sí necesito estar contigo. Esta noche me lo ha demostrado. Hasta que pueda conquistar todos mis demonios, necesito que los mates por mí. Sé que lo que hiciste fue por miedo y Dios sabe lo entiendo. Pero, por favor, no vuelvas a mentirme ni a intentar manipularme nunca.

Aquel momento fue fundamental para Zane. Fue el instante en el que supo que estaba completamente jodido.

—No lo haré —dijo. Le importaba demasiado como para no intentar mantener esa promesa.

Capítulo 8

L as vacaciones pasaron volando y, pasados unos meses, Ellie y Zane habían encontrado una rutina. Él trabajaba en su laboratorio durante el día, pero volvía a la hora de la cena. Ella cocinaba y, poco a poco, había puesto orden en toda la casa, a excepción del laboratorio.

Zane no encontraba nada, lo cual le resultaba bastante gracioso a Ellie. Aunque no es como si se le hubiera dado muy bien encontrar nada antes de que ella hubiera ordenado, cuando terminó, estaba completamente perdido.

Poco a poco, Ellie volvió a trabajar en su negocio de aromaterapia, fabricando velas y aromas que la hacían feliz. Sus ventas por Internet no eran ningún milagro, pero era suficiente para pagar su pasatiempo y dejarle un poco de sobra. Al final, se había acostumbrado a conducir el BMW que le había regalado Zane, aunque le parecía ridículo que una mujer como ella condujera cualquier vehículo de lujo. Lentamente, se insensibilizó y cada vez tenía menos miedo de andar de un lado para otro, incluso cuando Zane no estaba. Con la ayuda de la Dra. Townson, estaba aproximándose a una vida normal, pero sabía que aún pasaría cierto tiempo hasta que estuviera completamente recuperada... si es que lo lograba algún día.

Su cuerpo se estaba llenando y ya había tenido que ir a comprar ropa nueva. Con un poco de suerte, llegaría a un punto en el que no sintiera que estaba muriéndose de hambre todo el tiempo. Por desgracia, todavía no había llegado a esa fase en particular. Privada de comida durante tanto tiempo, Ellie reconocía descontenta que estaba recuperando las comidas perdidas.

Tal vez por eso estaba picando un plato enorme de nachos a las dos de la madrugada. Habiendo despertado por una pesadilla, una de las muchas secuelas de su experiencia traumática, no había conseguido volver a dormirse. Se levantó y encendió todas las luces para ahuyentar las sombras cuando llegó a la cocina; no quería molestar a Zane con su insomnio encendiendo las luces del pasillo. Entonces se dedicó con prontitud a preparar una enorme tanda de nachos. Sin duda, lo pagaría más tarde con ardor de estómago, pero los remató con una cantidad muy generosa de salsa y jalapeños.

Ahora estaba en el otro extremo de la enorme casa, relajándose en el salón, comiendo nachos y centrada en una de sus series de crimen preferidas. Por suerte para ella, Zane tenía televisión bajo demanda, así que, cuando tenía oportunidad, se ponía al día con sus historias forenses de crímenes reales.

—No es el marido —le dijo a la televisión en tono enojado mientras veía al policía seguir la pista equivocada para encontrar al asesino de una mujer—. No tiene móvil, seguro de vida, ni su pena era fingida —concluyó Ellie antes de meterse más nachos en la boca.

—¿Se puede saber qué estás haciendo? —retumbó un grave barítono por encima del sonido de la televisión.

Ellie dio un gritito; estuvo a punto de tirar el cuenco de nachos que tenía sobre el regazo al volverse a mirar a Zane.

—Ay, Dios. Lo siento mucho. No creía que pudieras oír la televisión.

Frenética, miró a su alrededor en busca del control remoto para poder apagar la televisión. No lo encontraba. Dejando el cuenco en la mesa frente al sofá, Ellie empezó a buscar a tientas entre las rendijas del sofá.

—Ellie… para —refunfuñó Zane agarrándola por los hombros. No me has despertado ni me molestaba la televisión. Me he despertado yo solo y he ido a la cocina a beber algo. Solo me preguntaba qué demonios hacías levantada. Te fuiste a la cama temprano.

Ella exhaló un suspiro de alivio al alzar la vista hacia él. Le dio un vuelco el corazón al encontrarse con su mirada confusa.

—He tenido una pesadilla. No conseguía volver a dormirme. Me ocurre a veces y sé que no voy a volver a dormirme rápido, así que me levanto y miro un poco la televisión.

Zane asintió como si lo comprendiera y se dejó caer en el sofá, picó unos nachos y tiró de ella hacia abajo para que se sentara a su lado.

—¿Qué estamos viendo?

—Casos forenses reales —respondió sin aliento, incapaz de apartar la mirada de su torso desnudo musculoso.

A veces, Zane la divertía, pero principalmente hacía que todo su cuerpo anhelara acercarse más a él. Parecía perfectamente cómodo ataviado únicamente con unos pantalones de pijama de franela. Ellie estaba casi segura de que no había ningún chico que se viera tan apetitoso como Zane en ese momento. Con el pelo revuelto ingeniosamente, como si acabara de caerse de la cama, lo cual era cierto. Pero ningún hombre debería verse tan bueno con pelo de recién levantado. Le parecía totalmente injusto.

Ellie se peinó el cabello con los dedos, a sabiendas de que tenía mechones errantes sobresaliendo por todas partes. Entre eso y un pijama muy poco atractivo de Campanilla que se había puesto antes de acostarse, estaba segura de que daba miedo.

Por extraño que pareciera, Zane no tenía pinta de haberse percatado de que estaba hecha unos zorros, ni parecía importarle. Ellie lo miró de reojo, pero ahora él estaba concentrándose en el programa, con una ceja levantada de esa forma tan adorable como cuando se concentraba.

—Tienes razón —dijo metiéndose más comida en la boca antes de estirar el brazo para tomar el refresco que Ellie tenía sobre la mesa y dar un trago—. No es el marido.

Ellie se relajó y apoyó la espalda contra el sofá.

—Sé que tengo razón —dijo estirando el brazo para tomar su refresco—. No tenía ningún motivo para matarla.

Zane sacudió la cabeza.

—No es solo eso. Las pruebas forenses no lo implican. Tienen que seguir adelante y buscar al verdadero asesino.

Ellie tomó un nacho mientras respondía:

—Lo harán. Pero en este programa parece que siempre necesitan probar primero la inocencia del marido o del novio.

—¿Quieres decir que hay más programas de este tipo? —preguntó él con curiosidad.

Ellie se echó a reír.

—Montones, y los he visto todos. Soy adicta. Poco a poco he ido poniéndome al día con los episodios que me había perdido.

Poniéndose cómodo, Zane permaneció sentado durante otros dos episodios mientras ambos bromeaban sobre quién había cometido el crimen presentado. Ellie tuvo razón en ambas ocasiones, pero Zane estuvo de acuerdo con ella en los dos episodios.

Cuando el segundo episodio terminó, Ellie se puso en pie y llevó el cuenco vacío y la lata de refresco vacía a la cocina. Después de apagar la televisión, Zane la siguió.

—¿Estarás bien? —le preguntó en voz baja mientras apoyaba una cadera contra la encimera de la cocina.

—Estaré bien. No es la primera vez que hago una maratón forense porque no puedo dormir —confesó sonriéndole.

—¿Por qué no me has despertado? Me habría sentado contigo antes de esta noche. No necesitas estar sola.

Ellie hizo un gesto negativo con la cabeza.

—No quería molestarte. Es un problemilla raro mío. Al final vuelvo a la cama.

Lo cierto era que en esas noches de desvelo no había deseado nada más que la compañía de Zane, pero para ella era más seguro aguantar sola. Ahora, Zane era su jefe y necesitaba el empleo. De algún modo, tenía que superar su deseo de encaramarse a su cuerpo como una alpinista y montarlo con fuerza montaña abajo.

—La próxima vez… despiértame —exigió, arrinconándola lentamente contra la encimera.

Su cuerpo rompió contra el de Ellie como una ola y ella apenas pudo inclinar la cabeza lo suficiente para mirarlo.

—¿Por qué? —preguntó sencillamente.

—Porque intentaré hacer que olvides todas tus pesadillas.

—¿Cómo?

Los ojos de Zane resplandecieron como plata fundida, haciendo que el corazón de Ellie latiera al galope.

«Bésame. Por favor, bésame», pensó.

Había anhelado que la devorase como el día en que la llevó a casa. Aunque ahora no quería que parase nunca. Estaba muy unida a él en todos los sentidos, excepto en lo físico, y también lo ansiaba.

Zane se inclinó hacia abajo, tan cerca que Ellie sentía su aliento cálido en la mejilla, su respiración tan rápida y fuerte que lo oía.

—¡Joder! ¡No puedo hacer esto! —gruñó Zane golpeando la encimera con el puño junto a Ellie—. Ahora necesitas un amigo. Lo último que necesitas es un hombre con las pelotas azules de las ganas que tiene de agarrarte.

Ellie se abrazó a su cuello cuando él iba a alejarse de ella, anonadada por la confesión de Zane.

—¿Me… me deseas?

Él asintió despacio.

—No quiero desearte, pero vaya si lo hago. No debería desearte porque eres mi amiga, ahora mi empleada, y porque estás recuperándote de un trauma emocional que la mayoría de la gente ni siquiera comprende. Puedo seguir engañándome eternamente, pero no puedo cambiar lo que es y probablemente seguirá siendo siempre. No puedo justificarlo ni hacer que tenga sentido. Pero quiero enterrar el pene dentro de ti y abandonarme a ese placer más que el aire que respiro. —Enredó una mano en su pelo y empuñó algunos mechones—. Quiero oírte gemir de placer, oírte gritar mi nombre cuando te vengas. Quiero ser el siguiente hombre en hacértelo hasta que no te acuerdes ni de tu nombre.

Su voz sonaba peligrosamente áspera y fuerte, como si cada palabra que proviniera de una caverna en lo más profundo de su ser. Ellie tembló cuando él apretó su cuerpo contra el de ella, la sensación de su miembro dilatado rozándole la pelvis.

—Serías el único —susurró en voz baja, justo antes de que Zane agachara la cabeza y capturase su boca con los labios.

Zane saqueó su boca como si ella fuera su sustento y él estuviera hambriento. Ellie sintió contraerse su sexo cuando sus lenguas se enredaron, ambas intentando desesperadamente acercarse más. Mientras enredaba las manos en su cabello, se quedó sin aliento cuando Zane le mordisqueó el labio inferior antes de calmarlo con la boca de nuevo.

—Yo también te deseo —confesó Ellie enterrando el rostro en su cuello, a punto de sollozar al inhalar el aroma masculino de Zane—. Tanto que duele.

Sus manos descendieron sin rumbo por el cuerpo de Ellie hasta que una aterrizó en su trasero mientras la otra se deslizaba por la parte delantera de su pijama deshilachado, bajo su ropa interior.

—Dios, estás empapada por mí, Ellie, y estás buenísima. ¿Tienes la menor idea de lo difícil que es no hacértelo ahora mismo?

Ellie se sentía arder; todo su cuerpo se sacudió cuando Zane buscó y encontró el sensible manojo de nervios, deslizando el pulgar fácilmente alrededor y sobre él porque estaba resbaladiza y húmeda.

—¡Zane! —exclamó, con el cuerpo vibrando de placer.

—Vente para mí, Ell. No puedo acostarme contigo porque eres virgen, pero necesito ver cómo te vas —le dijo al oído con voz áspera antes de mover la lengua sobre la piel delicada de su cuello.

Jadeando cuando sus dedos invadieron su vagina, haciéndole sentir cosas que nunca había sentido, Ellie se aferró al pelo de Zane con más fuerza y tiró hasta que finalmente este se rindió y la besó, la boca voraz mientras seguía atormentándola con los dedos y su endiablada lengua.

La necesidad de fundirse con él se hizo más fuerte y lo único que pudo hacer Ellie fue gemir contra los labios de Zane mientras olvidaba todo lo que tenía en la cabeza excepto a él y lo que estaba haciéndole a su cuerpo. Sin pensarlo, dio un brinco y le rodeó la cintura con las piernas, a punto de suplicarle que sustituyera los dedos por su verga.

—Necesito más —suplicó Ellie.

—No lo creo, nena. Creo que solo necesitas venirte —exigió Zane sin dejar de masajearle el clítoris mientras ella empujaba las caderas con fuerza contra la palma de su mano.

Ellie gimió cuando se desató un nudo en su vientre y la sensación fue derecha a su sexo. Aferrándose a Zane como a un clavo ardiendo, dejó que su cuerpo tomara el control, incapaz de hacer nada excepto permitirle empujarla al abismo. Todo su cuerpo tembló cuando estalló, las manos aún empuñando el cabello de Zane mientras gritaba su nombre.

—¡Zane! Ay, Dios, nunca me había sentido así.

—Solo disfruta del clímax —ordenó Zane—. Estoy aquí. Te mantendré a salvo, Ell. Lo prometo.

Confió en él mientras su cuerpo se sacudía de placer. Zane movió las manos y dejó que Ellie utilizara sus abdominales musculosos contra ella mientras capeaba el orgasmo más increíble que había experimentado en su vida.

Las manos de Ellie descendieron para acariciarle la espalda, clavándole las uñas en la piel mientras gemía de placer desbocado cuando llegó a la cima del clímax y volvió a la tierra flotando.

Obligando a sus manos a relajarse para no arañarle la espalda más de lo que ya lo había hecho, dejó caer la cabeza sobre su hombro, el cuerpo completamente agotado.

Mientras Ellie bajaba las piernas al suelo lentamente, Zane la tomó en brazos y la llevó de vuelta a la cama.

Ellie estaba muda, la mente y el cuerpo aún agitados. ¿Qué diablos podía decir? «Eh… ¿siento haberme venido mientras agarraba tu cuerpo perfecto?». No. Probablemente no era lo más correcto en aquella situación incómoda.

Zane le acarició el pelo mientras remetía la sábana y la colcha a su alrededor.

—¿Ahora puedes dormir?

Ellie ahogó un bostezo.

—Sí.

Zane se sentó en la cama.

—Ellie, ¿por qué no me dijiste que eras virgen?

—No salió el tema —respondió ella a la defensiva. El estado de su higo era personal. No era precisamente como si hubieran mantenido conversaciones profundas e íntimas sobre sexo. De hecho, en general, era la única cosa de la que no solían hablar.

—Me alegro de que me lo dijeras antes de que fuera demasiado tarde. Debes de estar reservándote para alguien.

A ella se le cayó el alma a los pies.

—¿Supongo que no te acuestas con vírgenes? —preguntó con curiosidad.

—No —respondió él con tono enigmático—. Duerme un poco.

Zane se puso en pie y apagó la tenue luz de la mesilla antes de ir a la puerta del dormitorio de unas zancadas. Volviéndose, habló con voz más realista.

—Mañana tengo que volver a Denver para una gala benéfica organizada por Laboratorios Colter y después voy a quedarme en la ciudad durante un tiempo para trabajar en unas cosas en el laboratorio. ¿Vas a venir?

Ellie tragó saliva, confusa ante su rechazo, inmediatamente seguido de su pregunta sobre si iba a ir con él a Denver.

—Por supuesto. Soy tu asistente.

—No te estoy pidiendo que me acompañes al baile como empleada —dijo en tono ominoso—. Estoy pidiéndote que seas mi cita. ¿Vienes?

El corazón de Ellie se elevó, pero seguía sin saber qué pensar de la conducta de Zane. La habitación estaba a oscuras y no veía su expresión.

—Sí —respondió en voz baja—. Me encantaría ir. Nunca he ido a un baile de gala.

Quizás aquello hacía que sonara patética, pero era la verdad. La madre de Chloe había sido anfitriona de eventos en su resort, y Ellie siempre estaba invitada, pero nunca había asistido a uno.

—Bien. Al menos será tu primera vez en algo —respondió Zane en tono satisfecho antes de volverse y dirigirse a su propia habitación.

Ellie suspiró. Podría haber sido su primer amante, pero él no había querido. En cambio, ¿se alegraba de que fuera su cita en una fiesta?

Sacudiendo la cabeza en la oscuridad, se preguntó si alguna vez comprendería exactamente cómo funcionaba la mente de Zane. Era un genio, pero también era un hombre. ¿Pensaban los hombres normales como lo hacía Zane? Por alguna razón, le parecía muy improbable. Después de escuchar a Chloe hablar de sus hermanos durante años, Ellie sabía que probablemente Zane era único. Ellie sabía que nunca había conocido a nadie como él.

Mientras se le cerraban los ojos, sonrió. Le complacía más que se hubiera ofrecido a llevarla a una cita de verdad que si se la hubiera llevado a la cama. De alguna manera, eso era importante, pero estaba tan cansada que se quedó dormida preguntándose qué estaba pensando Zane exactamente.

Capítulo 9

Ellie no recordaba un tiempo en que se hubiera sentido más fuera de lugar. Sin embargo, no iba a permitir que los nervios arruinaran su velada de fantasía con el hombre más guapo del baile.

Había tenido un día exactamente para prepararse para la gala benéfica cuando llegaron a la casa de Zane en Denver. Por fortuna, descubrió que no tenía tanto que ordenar en su casa en la ciudad, pero aún quedaban pilas de papeles por todas partes que había que archivar y guardar.

La mansión de Denver era preciosa. Tampoco se había esperado que no lo fuera, pero la maravilló igualmente. Al contrario que en su casa de Rocky Springs, todos los dormitorios estaban en la planta superior, lo cual hacía que el salón de la planta baja fuera enorme. Sinceramente, no estaba segura de haber visto todas las habitaciones de la casa todavía. Habían llegado la víspera por la noche y había estado ocupada casi todo el día.

Antes, se había regalado una sesión de maquillaje y peluquería, recogiéndose el cabello con un estilo elegante; sus rizos prácticamente se negaron a ser domados con un peinado sofisticado. Una profesional la maquilló y había elegido un vestido negro de cóctel lo bastante caro como para hacerla estremecerse. Pero lo había comprado de todas maneras, después de colgarlo varias veces en la percha del gran almacén porque no estaba segura de poder justificar el gastarse tanto dinero en un vestido. Después, necesitaba accesorios. En total, se había gastado más dinero en un día que en varios años en Rocky Springs. Sin embargo, no conseguía arrepentirse.

Al pararse frente al espejo aquella tarde, Ellie se había evaluado, y no solamente el reflejo de su cuerpo. Sí, había reconocido que se veía bien, pero principalmente se percató de que estaba cambiando la manera en que se miraba. Se sentía más fuerte, más libre que nunca. Quizá se debiera a la espeluznante experiencia que había sufrido, pero tenía la vaga sensación de que Zane estaba empezando a hacer que se viera de una forma totalmente nueva. Le gustaba. Le importaba. Señalaba cosas que realmente admiraba o le gustaban de ella. Así, Ellie había empezado a percatarse de cosas de sí misma que nunca se había planteado.

Se estaba fortaleciendo. Estaba aprendiendo a lidiar con sus miedos. No estaba dejando que lo que pasó conformase su vida. Le gustaba lo que estaba haciendo y se gustaba a sí misma.

Ellie suspiró y tomó otra flauta de champán de un camarero que pasaba por allí cuando volvía del servicio, impaciente por encontrar a Zane. Tenía el acompañante más guapo e inteligente del baile y no pensaba dejar que pasara el rato solo esperándola.

Zane había dejado muy claro que era su cita y la había tratado como a una princesa. No perdía oportunidad de decirle lo guapa que estaba y le había regalado un precioso ramo de flores antes de salir de casa porque sabía cuánto le gustaban.

La cena había sido increíble. Zane la había llevado a una churrasquería elegante y la comida estaba tan deliciosa que a Ellie le costó no gemir de placer al comer más de lo que debería, incluido el rico postre.

Cuando llegaron al bonito salón de baile, Ellie hubo de reconocer que se había sentido intimidada por la riqueza descarada que la rodeaba, pero Zane estuvo allí para recordarle que tal vez todos fueran ricos, pero seguían siendo humanos igual que todo el mundo.

Eso hizo que se relajara un poco, aunque todo a su alrededor era tan perfecto y contrastaba tan fuertemente con su antigua vida que no pudo evitar sentirse nerviosa.

Poniéndose de puntillas en un intento por ganar altura, examinó el salón elegante y abarrotado para su apuesta cita. Era muy difícil reconocerlo fácilmente porque todos los hombres allí presentes llevaban esmoquin, incluido Zane.

Dios, estaba arrebatador cuando entró en la cocina aquella tarde, perfectamente arreglado y compuesto con su esmoquin negro. Llevaba el rostro recién afeitado y el pelo aún mojado de la ducha, pero se veía delicioso. Ellie se había preguntado durante un momento si tenía que limpiarse la baba.

Acababa de beberse la segunda copa de champán cuando divisó a Zane. Estaba hablando con una pelirroja con curvas y parecía incómodo. Nadie iba a darse cuenta, pero Ellie vio las señales sutiles.

Se abrió paso entre la multitud serpenteando, cruzó el salón, dubitativa porque no quería interrumpirlo. Pero cuando vio que la mujer pelirroja ponía un dedo en el rostro de Zane y trazaba la línea de su mandíbula, Ellie se puso furiosa y tuvo la certeza de que no estaba hablando de negocios.

«Maldita sea, es mi cita. Me siento como Cenicienta y no voy a perderme mi momento en el baile», pensó. Esquivando a todas las parejas elegantemente vestidas a medida que se abría paso sin dudar hasta Zane, no fue difícil darse cuenta de que no estaba respondiendo en absoluto a los avances de la pelirroja avasalladora.

Ellie sonrió cuando él tomó la muñeca de la mujer y la apartó de su mandíbula, la expresión estoica cuando le habló. Se detuvo en seco cuando se acercó a la pareja, sorprendida momentáneamente al ver que la mujer era joven y despampanante. Y Zane se mostraba evidente y completamente indiferente. Ellie dio un paso al frente y tomó su lugar junto a él, agarrándose a su bíceps musculoso.

—Lo siento mucho —le dijo con una sonrisa radiante que esperaba no pareciera tan falsa como la sentía—. Los servicios estaban ocupados.

Lo había sentido tenso bajo los dedos durante un breve instante antes de darse cuenta de quién lo estaba tocando y por fin se relajó cuando por fin giró la cabeza para mirarla.

—Mereces la espera —respondió Zane suavemente, rodeándole la cintura con su fuerte brazo.

—¿Quién es esta? —preguntó en tono altanero la mujer que había estado manoseando a Zane.

—Mi cita —respondió él llanamente, sin siquiera molestarse en presentarlas.

Ellie habló y le ofreció la mano a la preciosa mujer frente a ella, negándose a hacerle saber que se sentía intimidada. Pero, sinceramente, se sentía un poco amedrentada por la belleza de pelo de fuego.

—Soy Ellie Winters —se presentó sencillamente.

La mujer ignoró la mano extendida de Ellie y fulminó a Zane con la mirada.

—No me habías dicho que tenías novia —siseó.

Él se encogió de hombros, tomó la mano extendida de Ellie y entrelazó sus dedos con los de él para llevarlos a su lado.

—¿Por qué habría de hacerlo? —respondió con desdén.

De pronto, Ellie vio cambiar la expresión de la mujer de seductora a colérica y mohína.

—Llevo casi un año intentando atraer tu atención, ¿y eliges a alguien como ella en vez de a mí?

El músculo en la mandíbula de Zane empezó a crisparse, una señal sutil de que estaba enojado. Ellie se había convertido en una experta en leer el lenguaje corporal de Zane durante los últimos meses porque no siempre expresaba lo que tenía en la cabeza. Tal vez se enojaba, pero nunca perdía el control por completo.

Zane dio una profunda bocanada antes de hablar.

—Esperaba que captaras el mensaje de que no estaba interesado, Elena. O puede que el hecho de que te estés acostando con tu jefe y parece que le importas fuera lo que me dejara frío. Aunque, francamente, las razones son irrelevantes. Simplemente no me interesas.

Ellie no pudo evitarlo. Miró boquiabierta a Zane durante un instante antes de controlar su expresión para que volviera a la normalidad. Zane hizo aquel comentario en un tono glacial que ella nunca había escuchado. Como de costumbre, fue franco, sin molestarse en explicar más de lo que creía necesario, pero Ellie nunca lo había oído mostrarse tan frío.

¿Elena? Un nombre bonito y una mujer preciosa que, evidentemente, tenía el corazón de un reptil.

La tensión se cortaba con cuchillo cuando Elena evaluó a Ellie atentamente y, a todas luces, la encontró desaborida.

—¿De verdad piensas que puedes competir conmigo? —resopló Elena.

Ellie se obligó a lanzarle a la mujer una breve mirada despectiva antes de responder.

—No es necesario competir —dijo con un tono falsamente agradable—. Ya he ganado —dijo poniendo una mano delicada en la mandíbula de Zane antes de plantarle un suave beso en la comisura de los labios.

Desprevenida cuando Zane convirtió el suave beso en uno posesivo, Ellie se aferró a sus hombros rápidamente para evitar tropezar con los tacones.

Allí mismo, en medio de una gala benéfica elegante, Zane Colter la hizo suya con un beso largo y lento, sin dejar lugar a dudas de que Ellie era exactamente lo que quería.

Durante un momento, a ella se le cerraron los ojos y se sumergió en el roce sensual de sus labios deslizándose sobre los suyos con un impulso de energía posesiva y sensual que nunca había experimentado. No fue largo ni completamente sexual, aunque pretendía excitar. El beso fue más bien como una exigencia codiciosa y el corazón de Ellie daba saltitos de alegría cuando Zane liberó su boca lentamente.

La mirada de Zane chocó con la suya, sus ojos grises tormentosos y codiciosos. Su cuerpo respondió, una profunda necesidad de que Zane la tocara, tan aguda que apenas podía inspirar hondo. Finalmente, Ellie apartó la mirada, ahora incapaz de ver lo que sabía reflejado en su propia mirada hambrienta.

—Se ha ido —musitó Ellie apartándose de él.

—Me da igual —respondió con voz grave—. Baila conmigo —ordenó Zane, tomando de nuevo su mano y tirando de ella hacia la pista de baile.

La abrigó mientras caminaba entre la multitud con su cuerpo más grande, abriéndole camino para que no tuviera que esquivar a la gente para seguirlo. Ellie estaba sin aliento para cuando llegó a la pista de baile y cayó directamente en brazos de Zane.

—No soy muy buena bailarina —confesó ella.

—Yo, sí. Tú, sígueme —contestó Zane mientras sus brazos se estrechaban en torno a Ellie y él empezaba a moverse con pericia a la lenta melodía que tocaba la orquesta—. Relájate —la instó, acariciándole la espalda con delicadeza.

Cuando Ellie comenzó a imitar sus movimientos automáticamente, sintió su cuerpo fundirse contra él y apoyó la cabeza suavemente contra su hombro. Rápidamente resultó obvio que sabía moverse con soltura alrededor de los demás bailarines.

—¿Cómo es que bailas tan bien?

—Soy un Colter. Mi madre toma parte en eventos benéficos desde que tengo memoria. Nos enseñó a todos y cada uno de nosotros cuando éramos jóvenes. La mayoría de nosotros intenta estar presente en sus eventos por respeto a lo que hace. —Hizo una breve pausa antes de añadir—: A excepción de sus subastas de multimillonarios. Casi todos hemos conseguido echarnos para atrás en esas.

Ellie rio suavemente, encantada con la sensación de su voz grave vibrando contra ella.

—¿Subasta multimillonarios? —preguntó. Tenía que haberlo entendido mal.

—Sí. Si cree que ayudará a llevar sus causas al público general.

—Cuéntamelo. —Ellie sentía curiosidad y quería oír toda la historia del evento de Aileen.

Zane se rindió, con tono de disgusto.

—Un año, decidió poner a multimillonarios de todo el país en el salón de subastas. Solo una noche. Solo una cita. Recaudó una fortuna y recibió mucha atención, así que ahora está intentando hacerlo otra vez.

—¿Asistió alguno de los hermanos Colter? —inquirió Ellie al darse cuenta de que no había dicho que todos ellos se escaparon del evento. —Solo Tate. Todavía estaba soltero por aquel entonces. Pobre cabrón. Por suerte, terminó con una ganadora que tenía unos ochenta años y solo quiso hablar de sus nietos toda la noche. Pero le habría ido bien con cualquiera. Tate es así. Sabes que siempre fue capaz de encandilar a cualquier mujer, incluso en el instituto.

Zane hablaba con voz pensativa, así que Ellie preguntó:

—¿Crees que tú no lo habrías hecho igual de bien? —Obviamente, las mujeres caían a sus pies, aunque no por buenas razones. Pero, de alguna manera, Ellie tenía la sospecha de que él no se sentía a la altura de sus hermanos.

—Soy un científico empollón, Ellie. Yo... soy diferente. Sabes que no se me da bien hablar de cosas triviales y todos mis hermanos pueden encandilar a cualquiera en cualquier clase de fiesta o evento. Tal vez a Chloe no le guste asistir a ninguno, pero puede ser la anfitriona perfecta cuando tiene que hacerlo.

Inclinando la cabeza hacia atrás, Ellie vio la mirada de aceptación en el rostro de Zane y se le colmó el corazón.

—No tienes que ser nadie más —dijo ferozmente—. Ya no eres ese niño empollón, aunque eso no tuviera nada de malo. Has crecido y has madurado para convertirte en el chico más bueno que he visto en toda mi vida. ¿Y qué si no quieres hablar del tiempo a menos que sea algo fuera de lo común? Hablar de cosas triviales es aburrido y tú tienes cosas más importantes de las que hablar.

Zane levantó una ceja.

—¿Crees que estoy bueno?

Estaba bromeando, pero Ellie estaba casi segura de que aún quedaba un rastro de duda en su mente en cuanto a su valía personal en comparación con sus hermanos. Estrechó el abrazo en torno a su cuello, un poco menos cohibida por los efectos del champán que había bebido.

—Los hombres inteligentes me parecen increíblemente atractivos. Tú tienes unos ojos preciosos, un cuerpo de escándalo y una mente que admiro. Eres tenaz y eres la única persona que seguía buscándome cuando todos los demás me dieron por muerta. Eres mi héroe. Yo diría que eso te pone en un lugar bastante alto en la escala de razones por las que acostarme contigo, que no tienen nada que ver con tu dinero.

Zane presionó la boca contra su oído.

—No soy tu héroe. Solo soy un hombre.

Ellie se estremeció cuando su aliento cálido le sopló al oído, su voz áspera haciendo que se le contrajera el sexo tan fuerte que perdió el ritmo. Zane la llevó para que lo recuperase rápidamente antes de que ella respondiera:

—Un hombre increíble.

—No quiero que me desees solo porque te salvé la vida —carraspeó él.

Sorprendida, Ellie respondió efusivamente:

—No es por eso. Nunca lo ha sido. Siempre me has importado, mucho antes de salvarme la vida.

La canción terminó justo cuando ella terminaba su frase y Zane la inclinó hacia atrás, sosteniéndole la parte superior del tronco con el brazo mientras ella se estiraba. Al instante, la atrajo de nuevo hacia arriba y Ellie chocó con su cuerpo, duro como una roca.

—No llevas sujetador —dijo enojado.

—¿Cómo lo sabes? —preguntó ella, sus palabras amortiguadas contra el torso de Zane.

De hecho, no llevaba mucha ropa interior. El vestido era manga larga y de escote Bardot, desde los hombros, algo que no se le ocurrió cuando compró el conjunto. Para cuando descubrió que no tenía ropa interior adecuada para el vestido, tuvo que decidir prescindir de ella. El tejido era lo bastante pesado como para que no enseñara nada y tampoco estaba muy dotada precisamente.

—Tienes los pezones duros —farfulló Zane—. Me di cuenta cuando se estiró el tejido.

Todos aplaudían a la orquesta y Ellie se unió a ellos mientras contestaba:

—Entonces puede que no debieras haberme abrazado tan cerca ni haberme puesto tu boca *sexy* al oído —dijo volviéndose para abandonar la pista de baile.

Zane la atrapó del brazo antes de que se alejara demasiado.

—¿Te ha excitado bailar?

Ellie tomó otra copa de champán de un camarero que patrullaba al borde de la pista y dio un largo trago antes de alzar la mirada hacia él.

—Bailar, no. Bailar contigo me ha excitado.

Sin palabras, Zane la tomó de la mano y se movió entre el gentío hasta que llegaron a una mesa vacía. La ayudó a tomar asiento antes de insistir:

—Quédate aquí. Voy a la barra. Creo que necesito un trago.

—Tienen champán por todas partes —le recordó Ellie.

—Necesito algo más fuerte que eso. —Se llevó una mano al bolsillo del pantalón de esmoquin mientras sus ojos descendían por la parte delantera de su vestido—. Nada de bailar con nadie excepto conmigo. ¿Quiero saber qué llevas exactamente debajo de ese vestido?

Ellie se terminó el resto del champán y le sonrió dulcemente mientras movía el dedo invitándolo a acercarse. Lanzándole una mirada suspicaz, él se agachó para que pudiera susurrarle al oído.

—Nunca había llevado un vestido como este, pero no me he puesto medias hasta la cintura, así que me he comprado un tanga monísimo con un lacito rosa y medias hasta el muslo a juego. Nada más. Me siento prácticamente desnuda.

A Ellie empezó a batirle el corazón contra el pecho cuando Zane volvió la cabeza y sus miradas se encontraron. Se sostuvieron la mirada, su rostro tan cerca del suyo que Ellie quiso estirar el brazo, aferrarse a su cabello y hacer que la besara hasta quedarse en blanco y sin aliento.

Su mirada era peligrosa, de un gris tan oscuro y turbulento que le recordaba a una tormenta aproximándose.

—¡Dios, Ellie! ¿Estás intentando ser una calientapollas o solo estás siendo sincera? —susurró con voz áspera. Ella se inclinó más hacia él.

—Puede que un poco de las dos —confesó ella—. Yo no flirteo. Normalmente, no. —Tenía la sensación de que el champán estaba dejándole decir exactamente lo que quería. En cuanto al alcohol, era un peso ligero, ya que raramente bebía una copa de vino.

Zane le puso una mano en la nuca; el roce íntimo y posesivo hizo que ella se estremeciera.

—No lo hagas con nadie más que conmigo —exigió Zane antes de darle un tosco beso en los labios y enderezarse—. Enseguida vuelvo.

—Sonó como una advertencia más que un comentario.

Ellie observó a Zane cruzando el salón a grandes zancadas hasta la barra, suspirando ante el paso masculino, atractivo y tentador, de depredador, que utilizaba para moverse de un lugar a otro. Sus ojos permanecieron fijos en los hombros anchos de Zane hasta que finalmente desapareció en el mar de esmóquines cerca de la barra.

—Ah, aquí hay alguien a quien no he conocido. Y estás con Zane. Hola, mujer misteriosa.

Un hombre rubio oscuro se sentó frente a ella. Sus labios sonreían, pero por alguna razón, la expresión jovial no llegaba a alcanzar sus ojos oscuros.

—Hola —respondió ella automáticamente—. Soy Ellie Winters.

El hombre le ofreció la mano desde el lado opuesto de la mesa.

—Sean Rycroft —se presentó mientras le estrechaba la mano—. Soy el director de investigación en los Laboratorios Colter. Zane es mi jefe. Bueno, supongo que, técnicamente, es el jefe de todos.

—Creía que Zane era el director.

Sean se echó a reír.

—Demonios, no. Es el presidente ejecutivo de toda la compañía global. Tiene varios directores en todas las oficinas.

Ellie hizo una pausa al darse cuenta de lo poco que sabía acerca de la industria de Zane.

—¿Tiene laboratorios por todo el mundo?

Sean asintió.

—Prácticamente. Pero la mayoría son fábricas para producir artículos que ya ha desarrollado. El principal laboratorio de investigación está aquí, en Denver. —Se detuvo un momento antes de preguntar—: ¿Cuánto tiempo lleváis saliendo? Zane no había dicho ni media palabra. Elena acaba de contarme que tenía una cita.

«¿La pelirroja? ¿Por qué estaba hablando con este hombre?», se preguntó.

—¿Conoces a Elena? —inquirió Ellie con cautela.

—Bastante bien, de hecho. Es mi asistente personal.

«Así que este es el jefe con el que se estaba acostando Elena, pero estaba buscando un pez más gordo: el dueño de toda la compañía», dedujo.

Ellie sintió lástima por el hombre sentado frente a ella. Probablemente era diez años mayor que Zane, pero no era un trol. Era encantador, aunque la sonrisa no le llegara a la mirada; se veía bien con esmoquin y parecía simpático. Pero ¿cómo no sabía que la víbora de su asistente y novia buscaba más dinero del que aparentemente ganaba él? Además, Ellie estaba segura de que Zane pagaba mucho a sus directivos.

Sonriéndole educadamente, reveló:

—En realidad, yo también soy la asistente de Zane. Nos conocemos desde hace años.

Sean le lanzó otra de sus sonrisas corteses y distantes.

—¿De verdad? Fantástico. Entonces, ¿no vais en serio? No es de extrañar que Elena esté intentando ligar con Zane.

Ellie miró a Sean boquiabierta, sorprendida por su franqueza.

—Pero ¿tú y Elena no estabais…?

—Se niega a comprometerse. Yo creo que sigue buscando a alguien mejor. —Su voz contenía un toque de tristeza y amargura.

Ellie reprimió un estremecimiento de repulsa. Obviamente, la serpiente pelirroja estaba utilizando a Sean hasta que encontrase a un tipo con más dinero todavía. La idea le resultaba repulsiva, especialmente porque ella parecía importarle a Sean.

Aceptó otra copa de champán de un camarero que pasaba por allí antes de responder.

—Supongo que no entiendo el no comprometerse con alguien con quien te acuestas con regularidad. —Dijo el comentario en voz alta antes de darse cuenta de que lo estaba haciendo. No solo no entendía a Elena, sino que ni siquiera podía plantearse por qué Sean aguantaba a una mujer que le causaba tanto dolor.

Este se encogió de hombros.

—Algunas mujeres son inolvidables. Pero ella quiere una vida a lo grande y algún día se la proporcionaré. Ahora mismo, por lo menos sigue conmigo.

—¿Qué estás haciendo, Rycroft? —respondió la voz enojada de Zane desde detrás de Sean.

Este se puso en pie.

—Zane —lo saludó con una inclinación de cabeza—. Solo estaba charlando con tu nueva asistente.

—Vete —profirió Zane bruscamente—. Y ni se te ocurra pensar en pasar ni un segundo a solas con Ellie o te arrepentirás.

Sean levantó las manos inocentemente.

—Creía que era tu nueva asistente.

Zane dejó la copa en la mesa, extendió la mano y se aferró a la solapa de esmoquin de Sean.

—Vete. Ahora mismo —soltó con voz áspera antes de empujar a Sean para que se alejara de la mesa.

Atónita, Ellie miró fijamente a los dos hombres mientras se enfrentaban, la expresión de Zane tan intensamente feroz que parecía dispuesto a cualquier cosa. Contuvo el aliento hasta que, finalmente, Sean retrocedió, dio media vuelta y se alejó sin una palabra más. Por fin capaz de liberar el aire de sus pulmones, alzó la vista hacia Zane y la mirada que le lanzó este prácticamente daba miedo.

«¿Lo he avergonzado de alguna manera?», se preguntó. Ellie no tenía la menor idea de cuál era el protocolo en una fiesta como aquella.

Dio un sorbo de champán y tomó una profunda bocanada antes de devolverle a Zane una mirada inquisitiva, preparada para lo que tuviera que decirle.

Capítulo 10

Zane no estaba seguro de qué demonios le pasaba. Una sonrisa. Un gesto dulce de los labios de Ellie en dirección a otro tipo había bastado para volverlo completamente tarado. Se sentó y bebió su *whiskey* escocés de un trago, a sabiendas de que probablemente estaba aterrorizando a Ellie. La miró, capaz de ver la confusión en su rostro. «Tranquilízate, hombre. Solo porque Ellie sonriera a otro tipo no es motivo para perder la cabeza», se dijo.

Zane apretó el puño debajo de la mesa, intentando encontrarle sentido a lo ilógico. La mayor parte del tiempo se llevaba bien con Sean. Sí, le parecía un insensato por enredarse con una gata como Elena, pero no era asunto suyo. Su director tenía que ser consciente de dónde estaba metiéndose. Tarde o temprano, tendría que explicarse a Sean, pero ahora mismo estaba más preocupado por Ellie.

—Sean hace su trabajo, pero no lo conozco muy bien personalmente. En ocasiones, su drama con Elena se le va de las manos y ha utilizado a varias de las empleadas para intentar darle celos a Elena —explicó con lo que le pareció una excusa muy mala.

—No estaba animándolo —respondió ella con calma—. ¿Es peligroso?

«Sí. La conversación ha sido bastante inocente», pensó él. Fue lo único que le hizo mantener la cordura. Zane sacudió la cabeza.

—No conozco su vida personal lo bastante bien como para saber cómo trata a las mujeres. Nunca he tenido motivos para meterme en sus asuntos. No lleva tanto tiempo con Colter. Lo único que sé en realidad es que está loco por Elena, pero ella siempre está buscando algo mejor. No tengo ni idea de por qué la aguanta.

—Zane, sé que quieres protegerme, pero algún día tendré que volver al mundo real. Muy pronto —le dijo con calma, intimidándolo con sus lindos ojos azules.

No. Esa idea no le gustaba en absoluto. No después de todo lo que había sufrido Ellie.

—Estás en el mundo real.

Ella negó con la cabeza.

—Siempre he estado sola y resuelto mis propios problemas.

—¿Por qué tiene que volver a ser así? ¿Por qué tienes que estar sola ahora cuando realmente necesitas apoyo? —No es que Zane quisiera ser únicamente su amigo, y cada día se le ponía más duro no querer ser más que eso. Literalmente, se le ponía más duro.

Ella sacudió la cabeza y rompió el contacto con su mirada, desviando la vista hacia la flauta de champán mientras acariciaba el tallo de la copa. Dios, hasta eso lo excitaba. Quería esos dedos acariciándolo por todo el cuerpo. Recordando de pronto por qué había tardado tanto, se llevó la mano al bolsillo de la chaqueta y sacó los artículos por los que había pujado y que había ganado en la subasta silenciosa.

—He ganado una de las pujas en la subasta. Quiero que tengas esto —dijo empujando una caja de terciopelo blanco a través de la mesa.

A decir verdad, se había asegurado de ganar ofreciendo una pequeña fortuna por los artículos. En el momento en que los vio, supo que tenían que pertenecer a Ellie.

Ella lo miró confundida y después bajó la vista hacia el estuche, trazando las letras decorativas de oro en la parte superior.

—¿Mia Hamilton?

Zane asintió.

—Todos los años hace algo especial para mi gala benéfica corporativa. La mayor parte de las ganancias de este año se destinarán a una organización benéfica conjunta para víctimas de maltrato. La cuñada de Mia, Asha Harrison, la fundó. Están haciendo mucho y muy buen trabajo. Mis hermanos y Chloe, todos apoyan la fundación de Asha.

Ellie asintió despacio.

—He oído hablar de ella. Lara también está implicada.

—Ahora hay muchos donantes ricos de todo el país. Es una gran organización con muy pocos gastos administrativos ya que tiene muchos voluntarios. —Señaló la caja con la cabeza—. Ábrela. Espero que te guste.

—Zane, ¿es una obra de Mia Hamilton?

—Por supuesto —respondió él perceptiblemente.

—No puedo creer que lo esté tocando siquiera. Sus piezas son exclusivas. No he visto nada excepto fotografías.

Zane sonrió.

—Otra primera vez —respondió estirando el brazo impaciente y abriendo el estuche con un ruido seco.

La bocanada de asombro de Ellie fue perceptible incluso en el ruidoso salón de baile.

—Ay, Dios mío. —Se inclinó hacia atrás, como si temiera tocar la joya.

Zane no había visto toda la obra de Mia, pero estaba seguro de que se había superado a sí misma con el collar y los pendientes que había fabricado aquel año. De alguna manera, había conseguido que una fortuna en zafiros, diamantes y oro siguiera pareciendo elegante, delicada y femenina. La cadena del collar alternaba corazones hechos de pequeños diamantes y zafiros azules con un ligero matiz violeta. La cadena se cerraba en el medio para sostener el colgante, un corazón grande de zafiro en el centro ribeteado de diamantes. Mia había conjuntado el collar con unos pendientes de lágrima sencillos de las mismas gemas.

—Me parecieron bonitas. Los zafiros prácticamente hacen juego con tus ojos —dijo Zane nervioso, preocupándose por su rostro ansioso.

—¿Bonitas? Zane, son las joyas más preciosas que he visto en toda mi vida. ¿Puedo tocarlas?

Él extendió el brazo y tomó la mano de Ellie, colocando sus dedos sobre el collar.

—Son tuyas. Claro que puedes tocarlas. —En secreto, estaba complacido de que pareciera tan encantada con las creaciones de Mia.

Ellie trazó con cautela los delicados corazones de la cadena y recorrió el colgante de zafiro con un dedo cuidadoso.

—Sabes que no puedo aceptar un regalo como este —le dijo vehementemente—. Pero me alegro de haber podido verlas en persona. No fui a ver lo que se subastaba.

Zane se levantó y extrajo el collar del estuche. Situándose detrás de Ellie, le deslizó la cadena alrededor del cuello y cerró el broche. No se molestó con los pendientes porque Ellie ya llevaba un par de diseño que no iba a intentar quitarle para reemplazarlos.

Volviendo a sentarse, comprobó el asombroso contraste de las gemas centelleantes contra la piel lechosa de Ellie.

—Perfecto —afirmó, satisfecho de que el collar hubiera encontrado el lugar al que siempre había pertenecido.

—¡Quítamelo! —gritó Ellie con voz aterrorizada.

Él sonrió con suficiencia.

—En cualquier otro momento, me encantaría oír salir esas palabras de tu boca, pero esta vez, no.

—Zane, no puedo ponerme esto. ¿Qué pasa si alguien intenta robarlo? ¿Y si se rompe el broche y se pierde? —Se había inclinado a lo ancho de la mesa para poder hablar sin llamar la atención.

Este se encogió de hombros.

—Solo son joyas.

—Joyas que cuestan más que las casas de la mayoría de la gente —respondió frenética.

Zane empezaba a enojarse porque su objeción se debía a cuánto había gastado en el conjunto. Lógicamente, comprendía su parecer, pero no echaría en falta ni un centavo gastado.

—Ellie, es un regalo. El dinero se va a destinar a una buena causa. ¡Por Dios! ¿No puedes aceptar un regalo mío sin preocuparte por devolverme el dinero? Quiero que lo tengas. Hace juego con tus ojos y el zafiro es tu piedra natal. Casualmente, también es mi piedra natal.

Ellie bajó la vista.

—Lo siento. Es todo un detalle, pero ¿no entiendes que no estoy acostumbrada a aceptar regalos como este?

—Lo entiendo. Pero tú tienes que darte cuenta de que yo estoy muy acostumbrado a hacer regalos de este tipo. No joyería exactamente. Pero sí regalos que son caros para la persona promedio. Para mí, no son tan caros —le recordó—. Es como si tú le enviaras flores o una tarjeta a una amiga.

Ellie se echó a reír; el sonido se hizo presa del corazón de Zane y lo oprimió cual tornillo de banco. Ella resopló antes de responder:

—Eso sí que es verdad, supongo. Pero creo que me sentiría más cómoda con flores. —le explicó sosteniendo el collar entre los dedos con cuidado—. Y sé que es una buena causa. Pero esto es algo que tienes que guardar para alguien especial —apuntó Ellie, volviendo a buscar a tientas el cierre del colgante.

Zane se puso en pie y le agarró las muñecas.

—No —le dijo bruscamente—. Estoy listo para irme. ¿Y tú?

Ellie asintió.

—Sí, pero, de verdad, tengo que…

—Vamos a recoger los abrigos. Puedes quedarte con los pendientes o dejarlos aquí para quien decida llevárselos. No voy a dárselos a nadie. Ya se los he regalado a alguien especial. Te los he dado a ti.

Tiró de su muñeca para dirigirse al guardarropa.

—¡Espera! —respondió presa del pánico—. No puedo dejarlos aquí sin más y necesito mi bolso.

Zane le soltó la muñeca y dejó que recogiera el pequeño bolso de mano negro de una de las sillas, para después observar con satisfacción cómo cerraba la tapa del estuche y guardaba los pendientes en un lugar seguro en su bolso.

—No estás jugando limpio —le espetó al pasar junto a él.

—Eres tú la que no está jugando limpio desde que decidiste no llevar casi nada debajo del vestido —Zane se la devolvió al tiempo que entrelazaba sus manos.

—Creo que no es lo mismo —dijo ella con aspereza, sonando como una profesora *sexy*.

—Se acerca bastante —contestó él con indiferencia mientras seguía conduciéndola hacia la puerta. Tenía la verga dura desde el momento en que la vio con ese sensual vestido negro. Ellie era de tal belleza natural que no necesitaba el peinado ni el maquillaje, pero la perfección de su aspecto aquella noche lo dejó extasiado. Cuando vio el perfil de sus pezones como diamantes a través de la tela negra, la verga empezó a palpitarle con más insistencia aún.

«¡Mía!». Su reacción había sido inmediata e irrevocable. El sitio de Ellie estaba con él. Aunque estaba casi seguro de que él la necesitaba más que ella a él. Después de revelarle exactamente lo que llevaba bajo el vestido, quería ver si estaba coqueteando con él o si decía la verdad. Por su parte, él ya no iba a jugar limpio. Verla llegar al clímax una vez no había sido suficiente. Era adicto a ella. Necesitaba volver a verla estallar, oírle gritar su nombre. Por extraño que parezca, no le importaba que fuera virgen, aparte de por el hecho de que sería el primero y el único en reivindicarla, hecho que le hacía querer acostarse con ella aún más. Pero no había querido tomarla aquella noche porque necesitaba saber que Ellie realmente quería que fuera el primero. Ahora, sabía que no solo sería el primero, sino el primero y el único.

Sinceramente, Ellie siempre había sido su elegida. Inconscientemente, tal vez lo hubiera sabido siempre, pero estuvo bastante claro las primeras veces que volvió a verla en Rocky Springs. No había actuado entonces, de lo cual se arrepentía, pero ahora sí lo haría.

«Estuve a punto de perderla», se dijo. Era bastante triste pensar que hizo falta que Ellie estuviera a punto de morir para que él sacara la cabeza de la tierra y encontrase agallas. Sabía algo con certeza: estaba dispuesto a luchar por lo que quería.

Se acabó el juego limpio. Zane estaba preparado para jugar sucio, a sabiendas de que sería mucho más satisfactorio para ambos.

No tardaron en llegar a casa de Zane. Había puesto a buen uso la limusina y el chófer, y este los dejó en la puerta de casa tras un trayecto rápido y sin incidentes.

Los efectos del champán que había bebido Ellie empezaban a pasársele, pero ella seguía un poco contentilla cuando le preguntó a Zane si tenía hambre. Habían parado en la cocina a beber algo. Le entregó una Coca-Cola de la heladera y ella optó por una Coca-Cola Light.

Cuando dejó la lata en la encimera para abrirla, Zane la arrinconó por la espalda, dándole una palmada con cada mano en cada cadera.

—No de comida. Pero me muero por descubrir si has estado mintiéndome toda la noche.

Una mano exploradora aterrizó en el trasero de Ellie, pellizcándole las nalgas y frotándolas para ver si había tela debajo del vestido. A ella se le cortó la respiración cuando Zane empezó a levantar el tejido suave por sus muslos, hasta el trasero.

—¡Dios! No llevas nada más, ¿verdad?

Ella se aferró a la encimera y negó con la cabeza.

—No. Te he dicho que no llevaba nada.

—Vuélvete —exigió Zane después de bajarle la cremallera del vestido a la espalda.

Ellie deseaba tanto el roce piel con piel que obedeció.

—No puedo hacer esto —protestó débilmente, intentando resistirse a los deseos de su cuerpo con la lógica de su mente. Por desgracia, su cuerpo estaba ganando la batalla. Había deseado a Zane tanto y durante tanto tiempo que sus defensas estaban derrumbándose.

Después de levantarle y quitarle el vestido para dejarlo caer al suelo, Zane la tomó por los hombros.

—Dijiste que querías a alguien que te vea, a quien le importes. Supongo que has estado guardando tu virginidad para él. Ese hombre soy yo, Ellie. No soy virgen ni por asomo, pero creo que siempre he estado esperándote. Si quieres echarte atrás, hazlo ahora, o no estoy seguro de poder parar después.

Su expresión era feroz cuando Ellie alzó la mirada hacia él, sus ojos devorando su cuerpo prácticamente desnudo con reconocimiento.

—Creo que siempre he estado esperándote —reconoció ella en voz baja, encontrándose al fin con su mirada cuando esta deambuló hasta su rostro—. Pero tengo miedo.

—¿Por qué? —preguntó él con urgencia; sonaba ligeramente dolido—. Nunca te haría daño, Ell.

Ella sacudió la cabeza.

—No es eso. Te deseo. Quiero estar contigo. Pero tengo miedo de ansiarte todos los días cuando se termine.

Zane deslizó los dedos lentamente, desde el precioso collar que llevaba Ellie, por su cuerpo, hasta llegar a la ropa interior, casi inexistente. Sus dedos acariciaron el material sedoso, excitándola con el placer que ella sabía que podía experimentar con él y solamente con él. La razón por la que no había tenido sexo antes era sencilla: nunca había deseado a nadie excepto a Zane.

—Entonces, ánsíame, Ellie. Por Dios, ánsíame tanto como yo te ansío a ti —respondió él con voz ronca mientras le besaba la frente, las mejillas y la comisura de los labios—. Necesítame tanto que creas que te estás volviendo loca. Estaré ahí para quitarte el anhelo porque sé exactamente lo que se siente.

Ella se sentía desnuda, tanto física como emocionalmente, parada ante él, prácticamente desnuda. Sus brazos reptaron alrededor del cuello de Zane y ensartó una mano entre su cabello espeso, regodeándose en la sensación de los mechones deslizándose entre sus dedos.

—Sí —respondió llanamente—. Por favor.

De inmediato, Ellie sintió que levantaba y llevaba su cuerpo en volandas, sin saber dónde iban hasta que Zane la dejó en el centro de su propia cama.

—Quiero hacer esto bien, Ellie. No quiero que sientas ni un momento de dolor.

A ella no le importaba que doliera, siempre y cuando pudiera tener a Zane dentro de sí lo antes posible.

—No me importa. Solo te quiero a ti.

—Ya me tienes —refunfuñó él mientras empezaba a despojarse de su ropa—. Y no tengo la menor intención de dejarte escapar.

Ellie estaba nerviosa. No se trataba de que sintiera deseos de echarse para atrás ahora. Maldita sea, había estado a punto de morir a manos de un sociópata. Quería averiguar qué se sentía al estar con alguien a quien le importaba, un hombre al que había deseado desde hacía tanto tiempo que ya no estaba segura de cuándo había comenzado ese profundo anhelo en su interior. Pero su falta de experiencia estaba poniéndola nerviosa.

—No sé qué hacer —confesó, sentándose con las piernas cruzadas sobre la cama mientras observaba cómo Zane se quitaba la pajarita de un tirón. Ellie se lamió los labios resecos con aprensión cuando él empezó con la camisa, revelando unos abdominales musculosos y un torso tonificado que sus dedos ansiaban tocar.

—Lo que quieras, Ellie. Lo que necesites.

—Necesito tocarte —dijo sin aliento mientras lo veía desprenderse de la camisa con un movimiento de los hombros.

Él se quedó inmóvil cuando Ellie se arrodilló en la cama y para ponerse en pie a su lado.

Capítulo 11

Siguiendo sus instintos, Ellie estiró el brazo hacia abajo y le desabrochó los pantalones, bajando la cremallera con cuidado. Tal vez nunca hubiera llegado hasta el final, pero estaba familiarizada con la parte de enrollarse y tocarse. Aunque hacía tiempo ya. Lo manoseó con torpeza hasta alcanzar la cintura de sus pantalones y tirar de ellos hacia abajo, llevándose el bóxer negro con el pantalón del esmoquin.

Dejándose caer de rodillas, Ellie siguió tirando, sorprendida cuando su verga libre estuvo a punto de darle en la cara.

—Es enorme —musitó incrédula intentando rodearle el miembro con la mano cuando estuvo completamente erecto.

Zane gimió y le acarició el cabello con la mano.

—Dios. Me muero.

Ella lo soltó de inmediato y terminó de quitarle los pantalones y los calzoncillos. Zane salió de ellos con un paso complaciente.

—Lo siento. ¿He hecho algo mal? —preguntó Ellie sin poder ocultar la preocupación en su tono de voz.

—No, cariño. No eres tú. —Tiró de ella para que se pusiera en pie y la rodeó con sus brazos—. Verte de rodillas con mi verga en la mano es como una puñetera fantasía para mí.

Ellie no estaba segura de si aquello era bueno o malo, pero estaba totalmente dispuesta a hacerlo una vez más.

—No me importa hacer realidad ninguna de tus fantasías —dijo de buena gana.

Él le retiró un rizo de la cara mientras contestaba:

—Ten cuidado con lo que prometes, Ell. Tengo una imaginación muy sucia con respecto a ti —respondió peligrosamente.

Un escalofrío le recorrió la espalda cuando Zane deslizó la mano desde su cintura hasta su trasero desnudo, acariciándolo mientras ensartaba los dedos de la otra mano en su cabello.

—Tengo que tomármelo con calma, corazón. Esto no es solo sexo para mí.

La levantó y volvió a tumbarla en el centro de la cama, pero esta vez se tumbó sobre ella.

—Para mí tampoco —convino ella con voz temblorosa; la sensación de la piel cálida y satinada de su torso en contacto con sus pezones sensibles le nublaba la mente.

Ellie recorrió con las manos cada centímetro de piel desnuda que podía tocar: sus hombros, su espalda y de vuelta para arriba, dejándose llevar por la sensación del roce piel con piel.

—Dios, qué rico te siento —gimió, rodeándole la cintura con las piernas porque su cuerpo ya exigía ser satisfecho.

—Pues estás a punto de sentirte mucho mejor —carraspeó Zane mientras rodaba hacia la derecha de Ellie para retirarse de encima.

Ella gimoteó decepcionada; detestaba la pérdida de contacto con él... hasta que sintió su mano ahuecándole el pecho y su boca descendiendo sobre uno de sus pezones duros para chuparlo.

Otros tipos le habían metido mano antes, pero Zane no era solo un chico. Era un hombre adulto que sabía cómo tocarla exactamente. Retorciéndose cuando mordió suavemente una de sus cimas macizas, Ellie empezó a jadear cuando le pellizcó la otra.

No había dolor real y Zane la calmó con la lengua después de los excitantes mordisquitos y pellizcos. La combinación era tan erótica que el sexo de Ellie vibraba con espasmos diminutos, obligándola a levantar las caderas de frustración.

—Zane. Por favor. Lo necesito.

—Quiero que lo necesites —reconoció él con voz áspera mientras su mano descendía por el vientre de ella—. Quiero que sientas, cariño. Quiero que lo experimentes todo.

Sus dedos rozaron el cuadrado de seda que cubría la panocha de Ellie, haciendo que se estremeciera.

—Lo que quiero ahora mismo es experimentar cómo me jodes —insistió. Había esperado aquel momento durante muchísimo tiempo y su cuerpo exigía que viviera el acontecimiento principal.

—Lo harás —respondió él con voz ronca, las palabras amortiguadas contra sus pechos—. Pero aún no. —dijo antes de tirarle del muslo—. Ábrete para mí, Ellie. Abre las piernas y deja que te toque.

Su voz era tan exigente, tan persuasiva que ella obedeció de inmediato, separando las piernas, lo cual hizo que se sintiera tan vulnerable que casi resultaba aterrador.

Entonces olvidó su aprensión a medida que Zane trazaba los labios de su sexo a través de la seda. Sin demora, tiró con fuerza del tanga, rompiendo las tiras y haciendo que este se deshilachara en su mano. Arrojó la prenda arruinada al suelo después de tirar lenta y firmemente del tanga, dejando que el suave tejido se deslizara sensualmente entre sus nalgas.

Totalmente expuesta, a Ellie le costó no cerrar los muslos, pero cuando la tocó, se supo completamente perdida. Los dedos de Zane se deslizaron fácilmente entre sus pliegues húmedos, todos trabajando juntos a medida que su pulgar se movía rápidamente sobre su clítoris mientras él seguía acariciando la sensible piel rosada.

—Ay, Dios. Qué rico. Riquísimo. —Ellie cerró los ojos mientras arqueaba la espalda a medida que los dedos talentosos de Zane la excitaban hasta el borde de la locura. Lo sintió descendiendo por su cuerpo, el cabello de Zane erizándole la piel desnuda aquí y allá.

—Espero que esto te haga sentir aún mejor —respondió él con un gruñido.

Ellie dio un gritito cuando su lengua caliente y húmeda se deslizó sobre ella para alunizar sobre el diminuto manojo de nervios, que palpitaba contra la boca de Zane. Él no mostró piedad, devorándole la almeja como si hiciera meses que no comía. Sus acciones eran carnales y crudas, todo su rostro enterrado entre los muslos de ella.

—No aguanto más, Zane. Por favor —sollozó Ellie, hundiendo las manos en su pelo al sentir el clímax inminente.

Levantó las caderas cuando los dedos de Zane encontraron la estrecha entrada a su vaina y, de manera experimental, este deslizó uno de ellos en su cuerpo sin degustar para después añadir otro.

—Cariño, qué dura estás —juró entre dientes levantando la cabeza durante un breve instante antes de meterle los dedos.

Ellie no pudo contestar. Sus músculos se cerraron en torno a sus dedos mientras la lengua de Zane le rozaba el clítoris una y otra vez; en esta ocasión, el orgasmo la inundó entre enormes oleadas de alivio y éxtasis.

—¡Sí! No pares. Por favor, no pares —suplicó, alentando su boca con las manos, mientras giraba las caderas para molerse el sexo contra él. La fuerza del clímax la sorprendió, las fuertes palpitaciones sacudían su cuerpo y no querían detenerse. Ellie se aferró al pelo de Zane mientras este seguía atormentándola y excitándola para extraerle hasta la última gota de placer. Lamió los jugos que había liberado durante el potente orgasmo, manteniéndola en un estado de excitación constante.

—Jódeme, Zane. Por favor. Te necesito —sollozó, agitando la cabeza de un lado para otro. Tal vez ya se hubiera ido intensamente, pero su cuerpo no se sentiría saciado hasta que ambos estuvieran unidos, enganchados con su cuerpo presionando el de ella. Dentro de ella.

—Ellie, corazón. No tengo un puto condón.

Su rostro estaba de pronto sobre el de ella, los ojos salvajes y oscuros mientras la miraba con tanto anhelo que hizo que el corazón de Ellie se conmoviera.

—Pensaba que todos los chicos llevaban condones —musitó rodeándole el cuello con los brazos.

—Yo no… No he… ¡Ah, joder! Hace mucho tiempo. Años — farfulló Zane—. Me cansé de toda la mierda y renuncié después de enterarme de que mi novia había encontrado un sol que calentaba más. Si lo necesito, me masturbo.

La idea de Zane acariciándose hasta llegar al orgasmo le resultó tan erótica que Ellie tuvo que cerrar los ojos ante su expresión intensa.

—Jódeme, Zane. Creo que ya sabes que nunca he estado con nadie y cuando fui a una revisión aquí, en Rocky Springs, le pedí a mi doctora que me mandara la píldora.

—¿Por qué? —preguntó Zane con voz seria.

—La tomaba antes de ser secuestrada. Tenía periodos muy malos. Pero ahora lo hago para sentirme más segura. No me pidas que te lo explique, porque ni yo misma lo entiendo. Pero la Dra. Natalie dijo que es normal tener miedo de que algo vuelva a ocurrir.

—Sé que estoy limpio —le dijo Zane con franqueza—. Pero quiero que veas los documentos del médico.

—No necesito papeles. Solo te necesito a ti —respondió, abriendo los ojos y sintiendo el cálido torrente entre los muslos al encontrarse con su mirada torturada—. Confío en ti —susurró lo bastante alto como para que lo oyera.

Zane la miró durante un momento antes de inclinarse hacia abajo y besarla con un anhelo al que el alma de Ellie respondió instantáneamente. Se abrió a él y dejó que tomara su boca tan toscamente como quisiera. Ellie quería sentir su deseo y le devolvió el beso con la misma ferocidad.

Él no la alertó antes de penetrarla con su enorme verga ni dudó en hacerlo. De una embestida, estaba en lo más profundo de su cuerpo, y después se detuvo, enterrándose hasta la base y haciendo una pausa para que ella se acostumbrara a su tamaño.

Ellie apartó la boca, jadeante.

—Eres enorme.

Zane soltó un gemido de placer antes de contestar.

—Cariño, estás tan apretada y húmeda que no voy a aguantar mucho. ¡Joder! Esto parece tan surrealista.

Ellie estaba completamente de acuerdo. El dolor momentáneo de aceptar una verga tan grande como la suya empezaba a disiparse y su cuerpo insistía en que él se moviera. Rodeándole la cintura con las piernas instintivamente, rotó las caderas contra él mientras su cuerpo suplicaba que se lo hiciera apasionadamente.

Cuando Zane empezó a moverse, Ellie se sintió eufórica. Cuando empezó a penetrarla y a retirarse, bombeándola como si su vida dependiera de ello, supo que nunca volvería a ser la misma. La intimidad de su conexión primitiva era físicamente explosiva y sumamente emocional.

Ellie se abandonó a la reivindicación posesiva de su cuerpo por parte de Zane y levantó las caderas para encontrarse con cada embestida frenética de su falo a medida que sus cuerpos se enredaban en una masa de deseo y necesidad.

Él introdujo la mano entre sus cuerpos en busca de su clítoris y lo encontró.

—Vente para mí, Ellie. No puedo esperar más. Esta vez, no. Pero no pienso dejarte atrás —gruñó acariciándole el clítoris con urgencia sin dejar de penetrarla con el miembro una y otra vez.

La estimulación del diminuto manojo de nervios la obligó a estallar; sintió que su cuerpo se partía en pedazos cuando empezó un clímax fuerte y diferente que no había experimentado antes.

—Sí. Ay, Dios. Esto es demasiado…

—Déjate llevar, cariño. Toma lo que quieras —la instó desesperadamente.

Zane era lo único que quería y eso incluía verlo irse. Se aferró a su hombro bañado en sudor, sus cuerpos deslizándose juntos en el erotismo a medida que las palpitaciones se hacían más fuertes y después increíblemente intensas.

—¡Zane! —gritó su nombre cuando las sensaciones la abrumaron.

Él cubrió su boca con la suya, como si quisiera reivindicar su grito de pasión. El beso fue tosco, ávido y codicioso, y Ellie lo recibió con los brazos abiertos. Se estremeció de éxtasis mientras el *crescendo* comenzaba a calmarse, los músculos de las paredes de su vaina aun abrazando el miembro de Zane. Las uñas cortas de Ellie se clavaron en la piel de su espalda; necesitaba un asidero para mantenerse anclada en tierra. Zane apartó la boca de sus labios con un tirón.

—¡Joder! —gimió, levantando el tronco sobre los antebrazos, con la cabeza hacia atrás, todos los músculos del cuerpo tensos cuando las contracciones de Ellie hicieron que se derramara en su interior.

Ella jadeaba, el cuerpo agotado, pero su corazón seguía acelerado cuando vio a Zane en el momento de su desahogo. Nunca había estado tan guapo como en ese preciso instante, su placer aparentemente tan intenso que casi resultaba atroz.

Finalmente, Zane se relajó y reposó su cuerpo sobre Ellie, que ensartó los dedos en su pelo con cuidado y acunó su cabeza contra el hombro mientras ambos respiraban con dificultad.

—¡Dios! ¿Te he hecho daño? Por favor, dime que no —dijo Zane entre bocanadas entrecortadas.

Ellie sonrió mientras acariciaba su irresistible mata de pelo. Era perfecta. Él era perfecto.

—No me has hecho daño. Merecía la pena esperarte, Zane.

Este se puso en pie, haciendo que los dedos de Ellie se escaparan de su pelo mientras la atravesaba con una mirada intensa que parecía buscar si decía la verdad.

Acariciándole la barba del día en la mandíbula, Ellie repitió:

—No me has hecho daño. De verdad. Mi primera vez ha sido más increíble de lo que podría haber soñado. Gracias.

—¡Dios! No me des las gracias por algo que he deseado desesperadamente durante tanto tiempo. No es como si estuviera haciéndote un favor. —Zane rompió el contacto entre sus miradas al girar sobre su espalda para colocarla sobre él—. Debería haber durado más y haber sido mucho más delicado —respondió en tono de mofa mientras le acariciaba el pelo y la espalda con la mano.

Ella suspiró.

—Ha sido increíblemente alucinante. —Su cuerpo agotado estaba relajado y seguía zumbando con un agradable arrobamiento poscoital.

—Entonces es fácil complacerte —indicó Zane con un vago deje de humor en la voz.

—¿Tienes ansiedad sexual? —bromeó Ellie.

—También ha sido una primera vez para mí. Tal vez un poco —reconoció libremente—. Puedo asegurarte que nunca he tenido problemas antes.

Ellie soltó una carcajada de sorpresa ante su repentina arrogancia.

—Estoy segura de que no, si lo que acaba de pasar es indicativo de tus actuaciones previas.

—Nunca han importado, Ell —contestó él con voz áspera—. Esta vez, quería que todo fuera bueno para ti.

Ella tuvo que tragarse el nudo que tenía en la garganta para poder hablar.

—Me alegro de que fueras tú —le dijo sencillamente, incapaz de expresar cuánto significaba para ella el que aquello le importase lo más mínimo.

Durante todo aquel tiempo, Ellie supo que había estado esperando aquel día, aquella noche. Había estado esperando a Zane Colter, aunque él siempre había sido un sueño imposible que no podía olvidar.

—Siempre seré yo —farfulló Zane, plantándole una mano posesiva en el trasero—. Esto no ha sido cosa de una vez. Todavía tengo esos pensamientos sucios sobre ti que necesito hacer realidad.

Ellie pensó un momento antes de hablar.

—Zane, no quiero que sientas que tienes que hacer nada más. —Ya le había hecho daño una mujer antes y ella no tenía intención de forzar la relación.

Él se incorporó a la velocidad del rayo, llevándola consigo. Ellie terminó despatarrada sobre sus piernas y se incorporó con dificultad hasta sentarse frente a él. Zane la sujetó ligeramente por los hombros desnudos, con cara de preocupación.

—Necesito algo, corazón —comentó enigmáticamente—. Te necesito a ti. Necesito que ambos nos comprometamos con este vínculo loco que los dos sabemos que está ahí. Ya no puedo ignorarlo, Ell, y tampoco quiero que lo hagas tú. No utilicé un puñetero condón porque nunca he planeado que esto fuera un rollo de una noche. Es complicado, pero ya estoy lejos de que me importe un comino. Hagamos que las cosas se compliquen tanto como queramos. Explora esto conmigo o sé que ambos nos arrepentiremos durante el resto de nuestras vidas. Al menos, sé que yo lo haré.

El corazón de Ellie brincó de alegría al ver su expresión. Pasó del enigma a la confusión y después a una resolución obstinada. Zane quería que fuera suya.

—¿Una relación monógama? —inquirió para asegurarse de que entendía lo que quería.

Él asintió marcadamente.

—Para ambos.

Ellie sonrió.

—No he esperado tanto tiempo para dejarte tirado por otro chico.

—No sé qué haría si lo hicieras. Nunca me he sentido así. ¡Dios! Siento celos de cualquier otro hombre que reciba tu atención.

—¿Por lo que me ocurrió? —inquirió ella en voz baja.

Zane dudó antes de responder.

—No estoy seguro. Es como si cuando desapareciste me hubiera dado cuenta de que podría haber perdido algo que debería haber perseguido hacía mucho tiempo. Siempre me he sentido atraído por ti, pero pensaba que te merecías mucho más que al científico loco que no sabe nada de romance ni de una relación de verdad. Además, eras la mejor amiga de Chloe. Demonios, toda mi familia es prácticamente tu familia. Podría haber resultado incómodo si no te interesara.

Los ojos de Ellie se inundaron de lágrimas al ver a Zane ponerse en una situación tan vulnerable. ¿Cómo podía habérsele ocurrido que no querría salir con él?

—Estaba colada por ti en el instituto y nunca se me pasó, ni siquiera cuando volvías de visita mientras estabas en la universidad. Pero eras tan inteligente, tan guapo y tan rico… Me decía que a alguien como tú nunca podría importarle una mujer rechoncha, normalita y terriblemente pobre como yo. Así que, cuando estabas en casa, mantenía las distancias en la medida de lo posible para no ponerme en ridículo. —Sentía que un puño le oprimía el corazón y las lágrimas brotaron más rápido.

—Tenías curvas, lo cual me la ponía dura cada vez que te miraba, corazón. —La atrajo sobre su regazo y la abrazó como si no pudiera dejarla marchar—. Adoraba tus preciosos ojos azules y tu pelo rubio increíblemente sensual. Eres preciosa, Ell. Siempre lo has sido. Pero lo que siempre me ha gustado de ti es que me aceptas tal y como soy. Por Dios, si hasta creo que te gusto tal y como soy. —Zane inspiró hondo antes de preguntar—. ¿Podemos intentarlo? ¿Puedes ser feliz con un tipo poco ducho en palabras de amor que no siempre sabe qué hacer cuando lloras como ahora? Oh, no, ¿por qué lloras?

Ella le sonrió entre lágrimas.

—Porque, aunque profesas no ser un romántico, creo que lo que has dicho es probablemente lo más dulce que he oído en toda mi vida.

Capítulo 12

Permanecieron en Denver durante los meses siguientes y Ellie era más feliz de lo que recordaba haber sido durante toda su vida. La mayor parte del día trabajaba en su propio escritorio en el enorme despacho de Zane, que él nunca utilizaba. Él pasaba la mayor parte de su tiempo en la zona de investigación protegida del inmenso edificio.

Resultaba extraño, pero ella nunca se había percatado de lo grandes y multinacionales que eran sus laboratorios en realidad ni de cuánta responsabilidad cargaba sobre sus hombros. En ocasiones, tenía que recordarle que no era el único responsable de curar o prevenir todas las enfermedades del mundo.

Últimamente, Zane reía y sonreía más de lo que habría creído posible. Ellie atesoraba cada sonrisa traviesa y carcajada divertida que salía de su boca porque pensaba que Zane se tomaba demasiado en serio a sí mismo.

Con la terapia continuada, Ellie no solo empezaba a recuperarse de su cautiverio traumático, aunque había cosas que quizás no olvidaría nunca, pero también empezaba a verse de manera diferente. Ya no se miraba y veía a una mujer que no era mínimamente interesante ni atractiva. Se veía como alguien que intentaba mejorar, ser lo que debería haber sido antes de ser secuestrada.

Con permiso de Zane, había montado un taller en su sótano, utilizando la cocina de la planta baja que él ni siquiera había tocado para establecer su negocio. Lentamente, su negocio en Internet estaba creciendo y Ellie estudiaba y experimentaba a cada oportunidad que tenía. Sus productos empezaban a ponerse de moda y, de pronto, todo el mundo quería probar algunas de sus fragancias de aromaterapia.

Todos los fines de semana, ella y Zane iban a algún sitio donde ella nunca había ido y empezó a explorar el mundo más allá de Rocky Springs e incluso Denver. Aunque siempre adoraría su bonita ciudad natal en las montañas, le encantaba que Zane la sorprendiera con un nuevo destino que ver al final de cada semana. El último fin de semana, los había llevado a California para que Ellie viera el océano Pacífico y, durante dos días, jugaron en la playa como niños.

Las noches les pertenecían. Zane había convertido en su misión el descubrir de cuántas maneras podía complacer su cuerpo. Resulta que sí tenía fantasías muy sucias sobre Ellie, que gritó de placer en todas y cada una de ellas.

Ellie había alcanzado su peso deseado, así que intentaba pasar tanto tiempo como le era posible moviendo el trasero. Zane tenía una piscina interior en su mansión de Denver, igual que en Rocky Springs, así que intentaba nadar todas las tardes y pasar un tiempo en la cinta tan a menudo como podía. Por el momento, su peso se mantenía estable. Aunque, para ser sincera, el ejercicio que Zane le proporcionaba todas las noches en la cama era probablemente la razón por la que no estaba engordando. La había llevado a prácticamente todos los restaurantes de la zona que le gustaban personalmente y todos eran absolutamente fantásticos.

Su única queja era que no le dejaba saldar su deuda con él. Se negaba a permitir que pagase nada y tampoco aceptaba parte de su nómina como su asistente para devolverle todo lo que había hecho por ella en el pasado. De hecho, se negaba a reconocer que le debiera nada.

Era lo único por lo que discutían en realidad. Al contrario que para algunas parejas, el control remoto nunca era un problema. A ella le encantaba ver los canales de ciencia con él, que se había vuelto casi tan adicto como ella a las series de crímenes. Rara vez se perdían un episodio de *Sobrenatural,* pero si lo hacían, se apresuraban a ponerse al día con la televisión por demanda. Parecía que eran igual de estrafalarios en las series y películas que veían.

Aquella noche lo había dejado viendo un documental en televisión para bajar a su taller y empaquetar algunos productos. Ellie insistía en asegurarse de despachar pronto sus pedidos.

—Te he echado de menos —dijo la ronca voz de Zane desde detrás de ella.

Lo había oído bajando las escaleras, pero no se había esperado sentir su cuerpo duro repentinamente presionado contra su espalda. Se sobresaltó y estuvo a punto de dejar caer las velas que estaba empaquetando.

Zane estiró el brazo y atrapó la caja con pericia para dejarla en la encimera.

Con el corazón aún acelerado, se volvió en sus brazos.

—Me has asustado —dijo rodeándole el cuello con los brazos.

—Ha sido totalmente accidental —dijo en tono de remordimiento.

—Lo sé. No eres tú. Supongo que todavía tengo algunas reacciones involuntarias que no puedo controlar. —Ellie lo detestaba cuando, en ocasiones, su mente racional no estaba en contacto con su cuerpo.

Zane tomó su mano y la condujo a la zona multimedia con el sofá modular. Se dejó caer en el medio y la atrajo sobre su regazo.

—¿Quieres hablar de ello?

«¡No! No, no quiero», pensó ella. Cada vez que se trataba de hablar realmente de sus experiencias durante los terribles meses de su cautiverio, prefería fingir que nunca había ocurrido. Natalie nunca dejaba que se saliera con la suya y lo evitara durante mucho tiempo; algunas de esas sesiones eran brutalmente difíciles, pero Zane nunca la había presionado.

Ellie negó con la cabeza, pero respondió:

—No lo sé. A veces creo que lo he superado y estoy siguiendo adelante, pero de vez en cuando aún siento las cicatrices en mi interior que no han sanado por completo. No estoy segura de si pasaré página completamente porque está muerto y murió mientras yo seguía en la cabaña.

—Ese cabrón tomó la salida de los cobardes. Nunca llegaste a verlo en el juzgado ni pagar por lo que hizo —contestó Zane enfadado.

Ella asintió.

—Exactamente. Es como si nunca hubiera existido. Es extraño porque me sentí aliviada de que hubiera muerto, pero también me enfadé.

—No es extraño, corazón. Creo que es natural sentirse así.

Ellie suspiró, a sabiendas de que nunca se sentiría tan unida a nadie como al hombre que la consolaba en ese preciso instante. No quería dejarlo fuera ni querría que él se lo hiciera a ella si hubiera pasado por algo traumático.

—Ni siquiera sé por dónde empezar.

—Por donde quieras —dijo Zane con dulzura—. Cuéntame las cosas que más te persiguen.

—El hecho de no haber podido escapar con su computadora el día que ocurrió. Pienso en lo que podría haber hecho de otra manera. Tal vez debería haber salido antes de la consulta. Quizás no peleé lo suficiente porque esperaba poder disuadirlo. Tal vez no debiera haber corrido y podría haber fingido que no sabía nada hasta que tuviera la oportunidad de robarle la computadora. Hay muchísimas cosas que podría haber hecho de otra manera que nos habrían ahorrado un poco de dolor a Chloe y a mí.

Zane le acarició los rizos distraídamente al responder:

—Hiciste lo mejor que pudiste dadas las circunstancias. Cualquiera de esas alternativas podría haber fracasado.

—Posiblemente —convino ella—. Pero nunca lo sabré. Después de aquello no hubo oportunidad de escapar. Creo que estuve inconsciente durante la mayor parte del trayecto a la cabaña, así que no tenía ni idea de dónde estaba. Fue desconcertante y me encadenó antes de que pudiera aclarárseme la mente.

—¿Cada cuánto subía a la cabaña? ¿Se marchó de inmediato?

Ellie desearía que la hubiera dejado sola.

—No. Se quedó aquella noche y utilizó cada minuto para intentar hacer que me sometiera asustándome. Cada vez que discutía, me pegaba. Fue una noche larguísima.

Sintió el cuerpo de Zane tensándose bajo el suyo cuando le preguntó:

—¿Te desnudó él o lo hiciste tú misma?

—Utilizó un cuchillo de trinchar para cortar todo lo que llevaba. Una táctica para asustarme; y funcionó. Tenía miedo de que fuera a violarme, a matarme o ambas. —Inspiró hondo antes de añadir—: Me quitó la ropa esa primera noche. Cuando se fue a la mañana siguiente, yo estaba destrozada.

—¡Joder! Desearía haber sospechado de él antes, cuando podría haber encargado que lo siguieran. Para cuando volví a Rocky Spring convencido de que era James, era demasiado tarde.

—Es imposible que pudieras haberlo sabido. —Ellie le acarició la mejilla y la mandíbula con barba incipiente—. Tengo suerte de que seas un genio o ya estaría muerta.

—¿Por qué no dejó más víveres? Solo dejó lo suficiente para que apenas pudieras mantenerte con vida.

Ellie se encogió de hombros.

—Creo que me quería débil y medio muerta. También le divertía hacerme suplicar más comida y agua. Intenté no hacerlo, pero cuando seguía medio despierta, lo hice. Siempre estaba hambrienta y sedienta.

—Era un cabrón sádico —farfulló Zane.

—Muy sádico —respondió Ellie con tristeza—. Y cuando suplicaba, le daba exactamente lo que quería.

—No lo hagas —dijo con urgencia—. Ni se te ocurra culparte. Cada vez que te hizo daño, era porque estaba cagado de miedo porque Chloe lo dejó para ir a trabajar para Gabe. Walker la sacó de una mala situación.

—Gracias a Dios —respondió Ellie; sonaba aliviada—. James no me lo contó. Solo decía constantemente que iban a casarse pronto. Me sentía incapaz de hacer nada para salvarla.

—Te preocupaste por ella y se volvió loca intentando encontrarte. Nunca había visto a Chloe tan consternada como cuando desapareciste.

Creo que durante un tiempo estuvo en fase de negación, creyendo que podría encontrarte. Cuando no lo logró, se quedó destrozada —le confió Zane.

—Pero ahora las dos somos felices —observó Ellie en tono pensativo—. No pienso permitir que un malvado muerto destroce mi vida ni la de Chloe.

Zane la abrazó con fuerza y Ellie apoyó la cabeza sobre su hombro. La meció con ternura mientras le decía:

—Se que no lo harás. ¡Dios! Eres la mujer más valiente que he conocido nunca. Y conseguiste aguantar hasta que te encontré.

Ellie volvió a sonreír contra el suave tejido de su camiseta.

—Creo que me he pasado toda la vida esperando que me encontraras de un modo u otro.

—Ya no —dijo Zane con voz áspera—. Nunca más. No volveré a hacer que esperes por nada.

—Um… ¿Y anoche? Recuerdo claramente que me hiciste esperar.

—De hecho, la había excitado hasta volverla prácticamente loca de deseos de venirse.

Zane rio entre dientes.

—Es una situación completamente distinta. En ese caso concreto, iba a hacer que mereciera la pena la espera. ¿La mereció?

Ellie se estremeció al recordar cómo había estallado su cuerpo cuando Zane dejó de excitarla por fin para darle lo que necesitaba.

—Mereció la pena, pero fue completamente injusto —lo reprendió con una voz falsamente malhumorada—. Creo que me toca hacerte esperar a ti.

Zane tiró suevamente de sus cabellos para poder verle la cara.

—Cariño, esperaría eternamente si hiciera falta.

La sinceridad de su voto envió una oleada de ternura al corazón de Ellie. Zane profesaba no ser romántico, pero sus palabras francas la conmovían como nadie lo había hecho nunca. Ellie se lamió los labios resecos mientras lo miraba a los nobles ojos grises. Cada palabra que había dicho era sincera; cada comentario, sincero. Su cuerpo clamaba que tomara a aquel hombre y lo saboreara durante toda una vida. Zane era especial. Y era suyo.

—Tengo que empaquetar los pedidos —dijo ella débilmente.

—He bajado a ayudarte —replicó él—. Pero también acabo de recibir unas fotos de Chloe.

Arrodillándose a su lado, Ellie empezó a cachearlo en busca del teléfono.

—Deja que las vea —insistió entusiasmada, frotándole los bolsillos delanteros de los pantalones con la mano para encontrar su celular.

Él detuvo sus dedos intrusos tomándole la muñeca.

—Dios, mujer. Si no dejas de hacer eso vas a encontrar más de lo que buscas —le dijo en tono grave, de advertencia.

—O puede que encuentre exactamente lo que quiero —le respondió ella con voz seductora.

—¿Cómo de rápido podemos empaquetar esos artículos? —preguntó Zane en tono desesperado.

—Muy rápido. Pero ¿puedo ver a Chloe? —Ellie atesoraba cada fotografía de su mejor amiga. En ocasiones, Chloe enviaba un video y parecía muy feliz—. ¿Dónde está?

Zane se llevó la mano al bolsillo y sacó su celular.

—Están en las Bahamas. Es su última parada. Este fin de semana podemos ir a casa. Para entonces, Chloe estará de vuelta en casa de Gabe. Siento no haber podido avisarte con más tiempo. Gabe dijo que ambos tenían morriña y estaban listos para volver al rancho.

Zane abrió el último mensaje de Chloe con una foto. Ellie sonrió de oreja a oreja al ver a su amiga con Gabe, a quien conocía de pasada. Lo había visto unas cuantas veces, pero cada vez que veía una foto de él con Chloe le gustaba más. Estaba claro que la hacía feliz y, solo por eso, Ellie ya lo adoraba.

Ambos sonreían a la cámara, sosteniendo sus elegantes cócteles como si estuvieran brindando por el mundo. Los labios de Chloe estaban curvados en una gran sonrisa auténtica que hacía que le brillaran los ojos de alegría. Gabe le rodeaba los hombros con el brazo, sonriendo como si no tuviera ninguna preocupación.

Ellie trazó el perfil de la pareja ligeramente.

—Se ve cuánto se quieren.

—Es aún más obvio en persona, créeme —respondió Zane; sonaba divertido.

—No puedo creer que vaya a volver a verla por fin. Parece que ha pasado una eternidad. Han ocurrido tantas cosas.

—Eh, no estás nerviosa, ¿verdad? —preguntó Zane levantándole el mentón para mirarla a la cara.

—Un poco. No quiero echar a perder su felicidad ahora.

—Por Dios, Ellie. No vas a hacerlo. ¿Es que no sabes cuánto te quiere? Volver a verte será poner la última pieza del puzle. Chloe se sentirá completa. Te extraña muchísimo y ha estado llorándote a pesar de que sigues viva. Si alguien debe tener miedo, soy yo. Va a matarme por no contarle la verdad. Probablemente, Gabe también se meta en un apuro.

—¿Lo sabe? —preguntó Ellie con curiosidad.

—Blake es su mejor amigo. No me cabe duda de que lo sabe, pero debe de haber decidido no decir nada. Chloe me acribilla a preguntas sobre ti todos los días. Me alegro de que vuelva a casa. Odio darle largas y fingir que estoy aceptando el hecho de que no vas a volver. Mierda, odio mentirle.

La mera idea de volver a ver a Chloe después de tanto tiempo hizo que los ojos de Ellie se humedecieran de lágrimas contenidas.

—Te advierto desde ahora que voy a llorar, pero serán lágrimas de felicidad.

—Estaba bastante seguro de que lo harías —respondió Zane descontento—. Pero, ahora mismo, no. Tenemos planes —respondió en tono travieso, quitándole el celular de la mano mientras se ponía en pie y tiraba de ella para que se levantara.

—Sí, tengo que empaquetar. —Dio media vuelta para volver a su taller.

Zane la enganchó de la cintura antes de que pudiera ir muy lejos, la levantó y se la echó al hombro.

—Lo haré yo por la mañana.

Ellie se encontró colgada bocabajo sobre su hombro en una postura muy indecorosa.

—¡Déjame en el suelo! ¡Tienes que subir las escaleras! —gritó encantada, solo un poco temerosa de que se hiciera daño.

Zane subió las escaleras a la carrera y sin esfuerzo, haciendo caso omiso de sus débiles intentos de golpearle la espalda para que la soltara. Ellie se rindió cuando llegaron al dormitorio, el cuerpo ávido de sus caricias.

Fiel a su palabra, Zane se levantó temprano y empaquetó sus pedidos, que cargó en la parte trasera de su auto para dejarlos antes de irse a trabajar. Ellie no se sorprendió. Había aprendido que Zane nunca decía nada a la ligera. Para alguien que afirmaba no ser romántico, era terriblemente detallista. Para ella, el hecho de que pensara en sus necesidades era embriagador y lo cierto era que las acciones de Zane eran de lo más romántico que podría imaginarse.

Capítulo 13

La primavera había llegado a las montañas de Colorado, lo cual en realidad significaba que uno nunca sabía si iba a necesitar una zamarra o pantalones cortos. Aquel día en concreto en Rocky Springs, Gabe Walker iba ataviado con una camiseta y pantalones; su mujer, veterinaria, iba vestida de forma parecida. Estaba sentada a su lado mientras miraban el agua de un pequeño arroyo que ribeteaba las rocas de su finca para seguir río abajo.

—Qué bueno estar de vuelta —dijo Chloe con melancolía—. Viajar ha sido increíble, pero echaba de menos a mi familia y nuestro hogar.

Gabe estaba casi seguro de que también extrañaba mucho a los caballos, pero no lo mencionó. Tenía demasiadas cosas en la cabeza y estaba aterrado de levantar un muro entre él y la mujer a la que amaba más que nada ni a nadie en el mundo. Chloe se había recuperado del daño emocional que James le había hecho sufrir, pero sus heridas eran profundas. Lo último que quería Gabe era volver a abrir ninguna de ellas.

«Quizás debería habérselo contado», pensó. No era como si no lo hubiera sopesado, pero no lo había hecho por varias razones. Hacía un tiempo le había dado la noticia de que James se había suicidado, conocedor de que Chloe era lo bastante fuerte para lidiar con ello.

Pero no había compartido la otra noticia que, sabía, lo significaba todo para ella: su mejor amiga estaba viva y recuperándose.

—Chloe, tengo algo que decirte, y espero que me escuches hasta el final —empezó con vacilación.

Ella giró la cabeza y lo miró con gesto preocupado.

—¿Va todo bien?

—Sí. Muy bien. Pero tengo noticias —dijo observándola a medida que la expresión preocupada de Chloe se tornaba lúgubre.

—¿Sobre Ellie?

Gabe tragó saliva y asintió.

—¿Han encontrado su cuerpo? —preguntó. La pena en la voz de su esposa estuvo a punto de romperle el corazón.

—Sí y no —respondió. Demonios, no podía seguir empeorando las cosas. Tenía que desembuchar la verdad y dejar de poner nerviosa a su mujer—. Chloe, está viva. Zane la encontró.

—¡Ay, Dios mío! ¿Está bien? ¿Dónde está? —Chloe se levantó del suelo como si le ardiera el trasero—. Tengo que verla, Gabe.

Él le sujetó los hombros para impedir que volviera corriendo hasta su yegua y se fuera a buscar a su amiga al galope. Habían montado hasta aquel lugar y Gabe había hecho un alto allí deliberadamente para poder estar completamente a solas con ella y darle la noticia.

—Escúchame, cariño. Está bien. Está con Zane y no van a llegar hasta esta tarde. Vuelan desde Denver.

Chloe miró a Gabe con el ceño fruncido.

—¿Dónde ha estado durante todo este tiempo?

Aquella era una de las preguntas más difíciles que Gabe había tenido que responder en toda su vida.

—Fue secuestrada por James, que la mantuvo prisionera en una remota cabaña de caza. Chloe, estaba muy mal cuando Zane la encontró. Si la hubiera encontrado más tarde, me temo que no habría sobrevivido.

—Pero James lleva meses muerto —musitó Chloe enojada.

—Zane la encontró poco después de que nos marchásemos —confesó Gabe.

El rostro de Chloe se llenó de dolor.

—No me lo dijo. De hecho, básicamente mintió.

—Lo sé. Todos lo hicimos. Blake me lo contó poco después de que la encontraran, pero yo sabía que necesitabas tiempo para recuperarte. Además, Ellie no quería que lo supieras.

—¿Por qué? —preguntó Chloe con lágrimas en los ojos—. Es mi mejor amiga.

Gabe asintió.

—Por eso no quería que lo supieras. Estaba bastante mal y no quería que te culparas por lo que le había ocurrido.

Chloe se sacudió de encima las manos de Gabe.

—Ellie es así: se preocupa por todo el mundo excepto por sí misma. Pero todos los sabíais. Cualquiera podría haber dicho algo. Dios, me necesitaba. Después de tantos meses desaparecida, tiene que haber necesitado ayuda.

—Zane cuidó de ella, Chloe. No necesitaba nada.

—No importa. Deberíais habérmelo contado. ¡Dios, has dejado que creyera que estaba muerta! ¿Cómo has podido? ¿Sabes cuánto estaba llorando su pérdida?

—Lo sabía. Pero yo tampoco quería que te culparas.

Chloe le dio la espalda y se apoyó contra un árbol cercano.

—Por supuesto que me culpo. Yo le conseguí el trabajo con James. La conduje directamente hasta su gran red de maldad —dijo inspirando hondo antes de añadir con más calma—: Cuéntame toda la historia.

Sin dejar de mirar fijamente la espalda de su mujer, Gabe le explicó todo lo que sabía acerca de lo que le había ocurrido a Ellie. Sabía que Chloe estaba escuchando con atención, pero no habló.

Cuando Gabe desembuchó por fin cada detalle que conocía, ella se volvió para enfrentarlo, la expresión marcada por la traición y el dolor.

—¿Así que todos decidisteis que la pobre Chloe no era lo bastante fuerte para lidiar con la verdad?

—Todos pensamos que era mejor no estresarte, cariño, sí.

—¿Qué creíais que iba a pasar? ¿Pensabais que me derrumbaría? No lo habría hecho. Habría estado feliz, maldita sea.

—Lo sabíamos. Pero habías pasado por un infierno. No quería que te comieras la cabeza por el estado de Ellie. Ella tampoco lo quería.

—Eres mi marido, Gabe. Confío en ti más que en cualquier otra persona en el mundo.

—¿Crees que no lo sé? ¿Crees que me ha resultado fácil guardármelo? Sí, lo hice para que tuvieras un poco de tiempo para recuperarte, pero también porque Ellie así lo quiso. No quería que volvieras a toda prisa a Rocky Springs a cuidar de ella cuando tú tenías tus propias heridas de las que recuperarte.

Chloe se frotó la cara con la mano, con expresión horrorizada.

—Ay, Dios, vio esos videos horribles.

—No importa. Es tu mejor amiga y se dio cuenta de que tú no sabías que existían. —Solo unas cuantas personas habían visto los videos de Chloe; Gabe era una de ellas. Se sacudió la ira que abrigaba hacia un muerto, que lo inundaba una vez más al recordarlo, intentando centrarse únicamente en Chloe.

—Todo esto le ocurrió porque estaba intentando ayudarme. ¿Cómo vivo con eso? ¿Y cómo te perdono por no haberme contado que vivía? —preguntó Chloe con voz llorosa y desesperada.

Gabe dio un paso al frente, pero ella lo rehuyó. Eso le dolió más que nada en el mundo.

—Vas a tener que perdonarme, cariño. Y vas a tener que perdonar a tu familia. Todos sabíamos que eras lo bastante fuerte como para lidiar con la verdad, pero seguías intentando encontrarle el sentido a todo. Tú necesitabas ser tu prioridad y no voy a pedir perdón por poner tus necesidades por delante. Nunca. Tenías que salir de Rocky Springs, igual que Ellie necesitó alejarse de aquí durante un tiempo. —El corazón le golpeaba contra el pecho cuando añadió—: No soy yo sin ti, Chloe. Tienes que perdonarme porque ya no puedo estar sin ti.

—Odio no poder odiarte —le dijo enfadada.

Gabe sintió ganas de reír ante su comentario, pero no se atrevió.

—Afróntalo, cielo. Si tú tuvieras que tomar la misma decisión, harías exactamente lo mismo que hice yo. Pensarías en protegerme si fuera vulnerable.

Ella lo miró durante un momento pensativa.

—Sinceramente, no sé qué haría. Pero sé que me mataría mentirte.

—Técnicamente, no mentí. Simplemente no te conté la verdad.

—Era una excusa mala, pero estaba lo bastante desesperado como para intentar cualquier cosa.

Chloe puso los brazos en jarras y lo fulminó con una mirada enojada.

—En este caso, no creo que haya mucha diferencia.

Gabe soltó un suspiro de frustración.

—No quería hacerlo, Chloe. Pero, si tuviera que hacerlo de nuevo, lo haría. Sí, estaba protegiéndote. Te amo más que nada ni a nadie en el mundo. Hay pocas cosas que no haría para verte tan feliz como has estado en los últimos meses.

Una lágrima cayó por la mejilla de Chloe, y esa gota diminuta fue todo lo necesario para romperle el corazón a Gabe.

—No puedo creer que siga viva —dijo Chloe vacilante mientras las lágrimas empezaban a caer más rápido.

Gabe sintió el celular vibrando y lo sacó de su bolsillo.

—No solo está viva, sino que está de vuelta en Rocky Springs. Zane ha dicho que acaban de aterrizar y van camino de su casa.

Chloe empezó a llorar de verdad, sollozos de dolor que brotaban de lo más profundo de su ser.

Gabe abrió los brazos, conteniendo la respiración cuando ella vaciló una milésima de segundo antes de correr hacia delante y abalanzarse sobre él. La atrapó y la acunó contra su cuerpo, a sabiendas de que lo había perdonado y de que todo saldría bien. Abrazándola con fuerza, conocedor de que Chloe lo era todo para él, se prometió a sí mismo que nunca volvería a arriesgarse a perderla, sin importar lo difícil que fuera. Era un libro abierto para Chloe. Ella lo conocía y conocía todos sus secretos. De aquel día en adelante, ahora que ella era más fuerte, Gabe se juró que nunca volvería a ocultarle nada.

Zane estaba inquieto cuando entró en el garaje de su casa en Rocky Springs. Gabe ya sabía que estaban allí y no le cabía duda de que vería a su hermana pequeña y al marido de esta en las próximas horas.

Gabe acababa de hacerle saber que él y Chloe se dirigían de vuelta a casa para ducharse y después acordarían la hora para encontrarse por la tarde.

Demonios, ya estaba advertido de que Ellie iba a llorar y, por el motivo que fuera, no le gustaba verla contrariada. De acuerdo, sí, tal vez fueran lágrimas de felicidad, pero Ellie y Chloe estaban destinadas a desenterrar parte de su dolor mientras discutían todo lo ocurrido.

Inspiró hondo al apagar el motor del vehículo y cerró la puerta del garaje. Había sido un día extraño. Primero, Elena había desaparecido. Sean lo había llamado, acusándolo de ser responsable de su ausencia de alguna manera. La diatriba no había tenido mucho sentido, pero Zane le restó importancia porque sabía lo encariñado que estaba con Elena el director, aunque ella no lo mereciera. Había intentado explicarle que lo más probable era que Elena volviera, pero Sean no estaba de humor para escucharlo. Sinceramente, el tipo parecía consternado. «Es más que probable que haya encontrado a un hombre más rico que Sean», pensó. Pagaba muy bien a aquellos en puestos como el de Sean. Por desgracia, sabía que su director había colmado de lujos a Elena, algunos increíblemente costosos. Seguirle el ritmo a las exigencias de una mujer como ella acabaría arruinando al pobre hombre.

Zane intentó apartar de su pensamiento la conversación con Sean y sonrió a Ellie cuando se reunió con él en la puerta. Ella le devolvió una sonrisa tímida. «Está nerviosa», pensó. Zane abrió la puerta y abrió camino al interior. Miró en torno a la cocina inmaculada antes de echar un vistazo al salón.

—Dios mío, la casa se ve asombrosa. ¿Qué has hecho? —preguntó Ellie con voz ligeramente maravillada.

Ellie había organizado muchas cosas antes de dejar aquella vasa, pero antes no se veía tan limpia ni tan acogedora. Zane tenía la sensación de que no había querido importunar o poner nada de sí misma en ninguna de sus dos casas, así que lo había hecho él mismo.

Conforme a lo solicitado, había varios arreglos florales por la casa, algo que Zane había pedido específicamente para la bienvenida de

Ellie. Había duplicado sus suministros de aromaterapia y las cosas nuevas estaban cuidadosamente guardadas en la despensa. No había ni una mota de polvo o pelusa en el suelo y la decoradora que había contratado había convertido el espacio de la planta baja en algo más claro y luminoso. Era un estilo contemporáneo que encajaba con Ellie, muy distinto a la decoración previa, tradicional y cargada.

Sinceramente, el propio Zane prefería el cambio. Cuando construyó la casa, no había aportado nada acerca del ambiente que quería en el interior. Estaba más interesado en el diseño y en conseguir todas las habitaciones e instalaciones que quería. Le había dicho a la decoradora inicial que se encargara de que las cosas funcionaran y ella había hecho eso exactamente. La mujer había utilizado muebles caros y cargados, diseños ornamentados; probablemente supuso que eso era lo que querría un hombre acaudalado.

—Dios mío. ¿Qué has hecho? —repitió asombrada Ellie mientras daba vueltas, como si intentara captar su nuevo entorno.

Zane la observó mientras se asomaba a la sala de estar con los ojos como platos.

—Mis fotos están aquí —dijo confusa—. Y algunos de mis viejos cojines.

Él ya lo sabía. Le había pedido a la decoradora que incorporase cualquiera elemento que pudiera del antiguo apartamento de Ellie antes de almacenar el resto. Evidentemente, había encontrado algunas cosas que iban bien. Como Ellie no se había movido de la puerta de la sala de estar, Zane se acercó y la tomó de la mano, conduciéndola a través de la cocina hasta el salón.

—¿Qué opinas?

Ella abrió la boca y volvió a cerrarla con la mirada iluminada al ver una colección de fotografías sobre el sofá.

—Somos nosotros —dijo a media voz, acercándose a las fotos sin dejar de mirarlas fijamente.

Zane dejó que lo arrastrara con ella y asintió, contento de ver lo bien que había quedado la colección de la pared. Cada imagen estaba hermosamente enmarcada, dispuestas en un orden que parecía natural.

—Lo sé —respondió finalmente—. Coleccioné todas las fotos que tomaba dondequiera que fuéramos y les pedí que las colgaran en la pared.

Por fin, Ellie se volvió hacia él con expresión perpleja.

—¿Por qué?

Él se encogió de hombros.

—Porque siempre estabas preocupadísima por no tener un verdadero hogar. Quería que mis casas también fueran tus hogares. Nuestros hogares. Quería ver nuestras cosas mezcladas, saber que no vivo solo aquí. Vivimos aquí, juntos. —Tomó una profunda bocanada antes de hacerle una pregunta que lo aterraba—. ¿No te gusta?

—Me encanta —contestó ella con voz temblorosa—. Simplemente, hace que estemos realmente… enredados.

Eso era lo que buscaba Zane exactamente. Quería que ambos se fundieran tan fuertemente que Ellie no quisiera marcharse nunca.

—Lo sé. Me gusta así. Te dije que esto no era un rollo para mí, Ellie. Quiero que te quedes en nuestras casas. Quiero oler tu perfume por todas partes. Quiero ver tus cosas junto a las mías. Maldita sea, quiero atarte a la cama para que no puedas marcharte nunca.

Ellie se volvió para mirarlo, los ojos azules centelleantes y empapados en llanto.

—Yo también lo deseo. Simplemente no puedo creer que hayas hecho todo esto por mí.

—En parte también lo hice por mí —reconoció—. Soy un cabrón egoísta que quiere asegurarse de que tienes todas las razones para considerar que esta es tu casa tanto como la mía. Quiero que te quedes.

Con un sollozo de emoción, Ellie se arrojó en sus brazos y Zane la atrapó feliz.

—No puedo creer que te hayas preocupado ni por un minuto de que fuera a irme a ninguna parte —le dijo atónita—. Átame a la cama. Me quedaré allí encantada.

—No estaba bromeando —le dijo Zane con voz ronca—. Pero nunca te ataría literalmente, Ellie. No después de lo que has pasado.

Dios, lo cierto era que tenía fantasías sucias de tener a Ellie exactamente donde la quería, pero era una fantasía que nunca representaría. Sus puñeteros instintos de hombre primitivo de conquistarla y quedarse con ella tendrían que irse al carajo. Sexualmente, Ellie estaba abierta a probar prácticamente cualquier cosa. De hecho, sentía una lujuria sin pretensiones que lo volvía loco. Y la mujer era una aventurera a la hora de probar nuevas formas de volverse locos en la cama. Pero él se negaba a practicar sexo con ataduras.

—Zane —le susurró al oído—. Confío en ti. Si la idea te pone, también me pondrá a mí. Te lo garantizo.

—No —respondió él sencillamente, sujetándola fuertemente por la cintura y mirándola obstinado.

Ella le dedicó una sonrisa abrasadora.

—Pensaba que te gustaba representar tus fantasías sucias.

—Me gusta. Pero esa, no —emitió un suspiró masculino—. Deja de mirarme así.

—¿Cómo? —preguntó inocentemente.

«¡Dios!», pensó. Distaba mucho de ser inocente, ahora que Zane había sido incapaz de mantener las manos lejos de ella desde la primera vez que la había tomado. Esa mirada intensa y carnal siempre funcionaba con él.

Capítulo 14

Ellie tomó su mano y lo condujo al dormitorio resueltamente. Lo que había hecho Zane para hacerle sentir que su casa también era suya la había conmovido de una manera nueva para ella. Se negaba a seguir siendo una mujer con complejos. Todo lo que le había hecho sexualmente había sido sumamente placentero. No había motivos para que Zane creyera que no iba a jugar con él simplemente porque un monstruo la hubiera tenido prisionera. Se trataba de Zane, un hombre a quien le importaba. Era el hombre que amaba.

«¡Ahí está! Lo he reconocido. Lo amo». Ellie no podía decir exactamente cuándo se había transformado el cariño y el enamoramiento que sintió de adolescente en un amor que sacudía su alma. Pero estaba segura de que no había tomado mucho tiempo. Su confianza en él era completa; su amor, infinito. Ahora quería demostrárselo otorgándole control absoluto sobre su cuerpo y su corazón. Si parecía incapaz de confesárselo con palabras, iba a mostrárselo.

—Ellie, no me importa lo excitante que sea, no puedo hacerlo —gruñó Zane cuando se detuvo a su lado en la habitación.

—¿Por qué? —preguntó tomando el dobladillo de la camisa fina que llevaba y quitársela por la cabeza.

El sujetador fue lo siguiente mientras Zane permanecía mudo, pero ella vio su mirada acariciándola. Se desenvainó de los pantalones y la ropa interior sin la menor timidez al pararse frente a él completamente desnuda. Había perdido la intimidad con él hacía semanas. Zane sabía perfectamente cómo se veía su cuerpo. Cada cicatriz. Cada imperfección. Y parecía gustarle tal y como era.

Con indiferencia, ella serpenteó hasta el armario y sacó una corbata de color azul marino y crema que nunca le había visto usar, se la llevó y la sostuvo en alto.

—Hazlo. Sabes que quieres. —A Zane le gustaba tener el control y ella no tenía problema en cedérselo. Era glorioso verlo en el momento en que lo perdía. Subió a la cama y levantó los brazos, aferrándose a dos de los postes de madera del cabecero.

—Ellie —dijo él en tono peligroso, empezando a desnudarse despacio y metódicamente, pero ella se percató de que estaba agitado.

—Nunca voy a tener miedo de nada que me hagas tú —le aseguró. De hecho, su cuerpo ya clamaba que lo tocara a medida que él revelaba su poderosa figura lentamente.

La mirada de Ellie deambuló desde su torso musculoso a gran erección cuando él se quitó los pantalones y el *bóxer* de una patada, quedándose completamente desnudo. Sus ojos no se habían despegado de la postura provocadora de Ellie, la expresión de Zane tornándose cada vez más oscura al subirse a la cama. Había arrojado la corbata junto a ella, pero la recogió a medida que avanzaba hacia ella.

—Estás excitado —ronroneó ella.

—¡Dios, Ell! Contigo no hace falta mucho. Lo único que tengo que hacer es pensar en ti y ya me pongo y estoy listo para disparar —le dijo enojado—. No necesito atarte a la cama.

—Desearía que lo hicieras —dijo en tono alentador—. He conocido lo que es estar atada por un cabrón. Preferiría crear un recuerdo mejor.

El gesto de Zane era ilegible mientras parecía pensar en sus palabras. Se encontró con sus ojos y ambos se miraron fijamente; Ellie intentó comunicarle sus sentimientos sin palabras. De repente, Zane se sentó a horcajadas sobre su cuerpo y rápidamente tomó la corbata y la maniató para después acercar el otro extremo al cabecero.

—Una mirada de miedo, un estremecimiento, y te desato —dijo con aspereza, devorándole el rostro ávidamente con la mirada antes de atarle las manos por encima de la cabeza.

—No tengo miedo, Zane. Estoy excitada. —Había algo liberador en el hecho de no tener que tomar decisiones ahora mismo. Estaba a merced de Zane y quería que él la satisficiera ahora.

Él se inclinó hacia abajo, apoyándose sobre las manos, mientras le susurraba al oído con voz ronca:

—En breve, estarás aún más caliente —le advirtió.

—Nada de provocaciones —le suplicó.

Él agachó la cabeza y la besó, impidiéndole que pronunciara ni una palabra más. Su abrazo dominante alimentó el fuego latente, como si prendiera fuego a la gasolina. Ellie tiró de la muñeca con el deseo automático de enredar los brazos en torno a su cuello. Cuando él rompió el abrazo para deslizar la lengua por su cuello hacia sus pechos, Ellie ya estaba a punto de perder la cabeza.

—Por favor —suplicó—. Jódeme.

Zane levantó la boca de su piel el tiempo suficiente para confesar:

—Me encanta que me hables sucio. Me encanta cuando estás tan desesperada que lo único en lo que puedes pensar es en mí dentro de ti.

—Estoy más que desesperada —gimoteó ella, rodeando las tensas ataduras con los dedos y apretándolas tan fuerte que el tejido nunca volvería a ser el mismo.

Él le mordisqueó y le lamió los pechos, alternando entre uno y otro, mientras Ellie se retorcía bajo sus caricias, necesitada de sentirlo todo. Estremeciéndose a medida que movía la boca hacia su vientre, levantó las caderas, incapaz de expresar su necesidad. Justo cuando estaba a punto de gritar de frustración, Zane retrocedió, le separó las piernas y se situó entre ellas.

—Dime que me deseas, Ellie. Dilo —exigió. Su boca estaba tan cerca de su almeja que ella sentía el cálido aliento en su sexo.

—Te necesito. Por favor, Zane.

—¿Qué necesitas?

—Necesito que me hagas venirme. Ahora —insistió, desesperada pero incapaz de tomarlo del pelo y meterle la cabeza entre las piernas.

Se estremeció cuando por fin sintió el ligero roce de su boca sobre ella, su lengua sumergiéndose delicadamente entre sus pliegues. Zane le levantó las piernas y las empujó hacia atrás antes de chuparla desde el ano hasta el clítoris, lamiendo todo lo que pudo antes de que su lengua se retorciera sobre el diminuto manojo de nervios palpitante a medida que su sexo se contraía de forma prácticamente atroz. Su boca la devoró y su lengua exploró su panocha. Ella gimió a medida que la presión sobre su clítoris aumentaba más y más.

—Sí. Sí, por favor. Más —suplicó desesperada con una voz que apenas reconoció como la suya.

Cuando estaba a punto de orgasmo, Zane la llevó al límite empotrando dos dedos en su canal y llenándola, metiéndolos y sacándolos con furia al mismo ritmo vertiginoso de su lengua.

A Ellie se le retorcieron las entrañas y, después, una oleada de placer fluyó por todo su cuerpo, que giraba en torno al placer feroz y carnal que le producía el confiar en Zane oleada tras oleada de palpitaciones eróticas que inundaban su cuerpo. El clímax rompió en su cuerpo como una explosión, incontrolable.

—¡Zane! —gritó su nombre mientras sus puños apretaban la corbata que la ataba a la cama.

Este prolongó su éxtasis tanto tiempo como pudo, sin bajar el ritmo en su búsqueda incesante de lamer cada mililitro de sus jugos como un hombre que sediento desde hacía días. Los muslos y el sexo de Ellie seguían estremeciéndose cuando Zane se encabritó y sus ojos se encontraron con los de ella al instante.

—¡Dios, Ellie! Te ves increíblemente... —parecía que estaba buscando la palabra—. Mía —concluyó ferozmente.

Ella jadeaba mientras intentaba recuperar el aliento.

—Entonces, toma lo que es tuyo —dijo ahogada, desesperada por tenerlo en su interior—. Por favor.

El rostro de Zane mostró una expresión salvaje y posesiva antes de que estirase los brazos para liberar sus manos de las ataduras y voltearla sobre el vientre, instándola a que se pusiera a cuatro patas. Sorprendida, Ellie hizo lo que quería, consciente de que quería reivindicarla de la manera más primitiva posible. Nunca había hecho eso; normalmente prefería estar cara a cara cuando se lo hacía en ese estado de locura porque quería verla irse. El azote en su nalga fue firme y Ellie se sobresaltó atónita cuando él gruñó.

—Nunca me presiones tanto, Ellie, o esto es lo que recibirás. —Volvió a azotarle el trasero unas cuantas veces y después le frotó la piel escocida con avidez. Se sumergió entre sus muslos, acariciándole el sexo después de cada cachetada erótica.

Ella gimió cuando finalmente la penetró por detrás, enterrando la verga hasta la base. La sensación fue tan increíblemente erótica que Ellie no podía dejar de gemir de placer, las manos aferrándose a las sábanas debajo de ella. Agarrado a sus caderas, Zane no mostró piedad mientras la embestía una y otra vez con su miembro, atrayendo su trasero contra él con cada penetración.

—¡Dios, Zane! ¡Sí! —Ellie lo sentía muy al fondo en esa postura, y supo que él estaba tan perdido como ella en su unión carnal en ese preciso instante.

Ellie sentía su cuerpo sudoroso, como si una llama se expandiera desde su interior a cada centímetro de su piel. Retrocedió intentando hacer que sus cuerpos chocaran más duro; el golpeteo de sus carnes y respiraciones ásperas eran los únicos sonidos en la habitación.

—Más duro —lo instó, deseosa de que no parase.

—Bien —carraspeó Zane—. Sí, qué rica estás.

—Sí —siseó Ellie, retrocediendo a medida que él tiraba de sus caderas, deseándolo tan desesperadamente que solo aquella unión tosca y dura iba a satisfacerla.

—Dime que eres mía, Ellie. Dime que nunca te marcharás —farfulló Zane, agarrándola con más fuerza a medida que la embestía.

Eso era exactamente lo que estaba intentando demostrarle Ellie. En su deseo de reconfortarla y ayudarle a superar su dolor, él había estado sufriendo solo su propio malestar.

—No voy a ninguna parte. No voy a volver a dejarte —respondió sin aliento, intentando quitarle su miedo más intenso.

«Está asustado. Está preocupado de que vuelva a desaparecer», se percató. No era un miedo racional, pero Ellie había aprendido que muy pocas cosas que aún le causaban ansiedad tenían sentido.

Implosionó en cuanto sintió los dedos de Zane acariciándole el sexo y el clítoris al pasar su mano de la cadera de Ellie al nódulo palpitante.

Zane tomó el mando a medida que el clímax de Ellie la consumía.

—Vente para mí, Ellie. Ya no puedo esperar más —insistió Zane con voz grave.

No necesitaba decirle que perdiera el control. Las paredes musculosas de su vaina ya se contraían alrededor de su verga en espasmos incontrolables, indicándole a Zane que estaba yéndose intensamente.

—¡Dios! No hay mejor sensación que tú viniéndote en torno a mí —gimió Zane.

Ellie se dejó caer sobre los codos, incapaz de apoyarse en las manos cuando su orgasmo llegó al cénit y Zane se derramó en su interior con un gemido atormentado. Descendiendo sobre ella, le besó la nuca y las mejillas antes de apoyar la frente contra sus cabellos.

Ellie oía y sentía la respiración fatigada de su amante, el calor de sus rápidas exhalaciones erizándole el pelo, mientras su pecho subía y bajaba contra la espalda de ella. Finalmente, se dejó caer por completo y Zane se tumbó a su lado.

Cuando logró pronunciar las palabras, susurró:

—Qué calor.

—¿Ya estás caliente otra vez? —bromeó Zane mientras jugaba con un mechón de su cabello.

Ella le dio un manotazo juguetón en el brazo.

—Sabes a qué me refiero. Estoy sudando como un cerdo.

—Yo también —convino él al levantarse a los pies de la cama—. Vamos.

Ella sacudió la cabeza.

—Me has dejado agotada. Necesito unos minutos.

Zane no dijo ni media palabra; en lugar de eso, la tomó en brazos y salió del dormitorio a la piscina cubierta. Entró en el agua lentamente, acunando el cuerpo desnudo de Ellie contra él para sumergirlos despacio y que no supusiera un choque a su sistema.

A medida que ella bajó los pies perezosamente al suelo embaldosado de la piscina, Zane tomó sus muñecas con delicadeza y las giró hacia arriba y hacia abajo, examinándole la piel.

—Gracias a Dios. No te ha dejado marca —farfulló antes de posar una mano delicada en su nalga para acariciársela con ternura—. Pero tienes el trasero un poco rojo. —No sonaba especialmente arrepentido de haberla marcado de alguna manera.

Abrazándose a su cuello, ella bromeó:

—Ha merecido la pena. Creo que nunca había llegado tan intensamente.

Una sonrisa de alivio iluminó su rostro.

—No quería hacerte daño, Ell. Gracias por confiar tanto en mí.

—Nunca me harías daño intencionadamente —respondió acariciándole la barba incipiente—. Lo sé.

—Tampoco lo quiero hacer involuntariamente —farfulló él, estrechando el abrazo en torno a su cintura antes de bajar la cabeza para besarla.

Al contrario que su sesión salvaje en la cama, su beso fue dulce y tierno, una confirmación de cuánto quería atesorarla. A Ellie se le derritió el corazón cuando sus labios vagaron suavemente por su boca, chupando y saboreando cada centímetro de ella.

Cuando Zane levantó la cabeza por fin, ella suspiró y apoyó la suya sobre su hombro, besados por el agua que los rodeaba mientras su cuerpo se enfriaba progresivamente.

—La casa se ve increíble. Gracias —le susurró al oído con voz ronca.

Su gesto la había conmovido más de lo que podía expresar con palabras.

—Nuestra casa —la corrigió él—. Quiero que sientas que es tu hogar.

—Ya lo siento —dijo Ellie, que empezaba a sentirse como en casa en cualquier lugar siempre y cuando Zane estuviera allí con ella.

—Bien —respondió asintiendo—. Creo que por fin también me siento como en casa.

Dando un paso atrás, Ellie sumergió la cabeza completamente para refrescarse. Emergió apartándose el pelo mojado de los ojos mientras le recordaba que siempre había sido su casa. Zane hizo lo propio, sumergiéndose bajo el agua antes de responder:

—Tal vez. Pero nunca fue un hogar. Quizás por eso no me importó nunca una mierda cómo se viera. Era un lugar donde dormir, donde quedarme y estar cerca de mi familia. Pero entonces solo era una casa.

A Ellie le latió el corazón salvajemente.

—¿Pero ahora sientes que es tu hogar?

—Contigo aquí, lo es. Siento que es nuestro.

Su comentario fue tan adorable que lo abrazó y se colgó de él, rodeándole la cintura con las piernas. Saboreó aquel momento de intimidad mientras Zane la abrazaba a su cuerpo, ambos estrechamente unidos. Finalmente, cuando abrió los ojos, la mirada de Ellie divisó el reloj en la pared de la zona de la piscina.

—¡Mierda! Son casi las cinco. Chloe y Gabe llegarán dentro de poco.

Gabe había escrito a Zane que estarían allí hacia las seis, pero la amiga de Ellie tenía la costumbre de llegar pronto.

—Eh, no te preocupes —dijo Zane con una pizca de humor en la voz—. Solo tienes que decirle que estabas liada.

Ellie le golpeó el brazo, juguetona.

—No tiene gracia. Ay, Dios. Lo sabrá. Chloe siempre sabe cuándo estoy mintiendo. Dice que soy una mentirosa malísima.

Zane se echó a reír.

—Entonces, no mientas. Estabas liada. No tienes que contarle que su hermano estaba haciéndotelo como si le fuera la vida en ello, que le iba, por cierto. Creo que habría muerto con las pelotas azules si no hubiera podido meterme dentro de ti.

—Ay, Dios —gimió Ellie en voz alta—. No estoy segura de que vaya a gustarle que me esté acostando con su hermano.

—No es asunto suyo —contestó Zane en tono más serio—. Y no pienso dejar de hacerlo. Así que, supongo que tendrá que acostumbrarse.

—Puede que resulte incómodo —le advirtió Ellie.

Él lo negó con la cabeza.

—No, no lo será.

—Tengo que darme una ducha y prepararme —dijo ansiosamente mientras desenredaba sus cuerpos y empezaba a retroceder hacia los escalones.

Zane la siguió y tomó una toalla para secarla antes de secarse con ella y devolvérsela cuando ella estiró el brazo. Se la dio a Ellie, que se secó el pelo en un santiamén. Él hizo un gesto hacia la puerta.

—Deja de preocuparte, corazón. Veo esa expresión de preocupación en tu cara. Chloe solo quiere volver a verte. Vamos a ducharnos.

—No voy a ducharme contigo —dijo ella en tono estricto. Ellie sabía perfectamente lo que pasaría si se metía en la ducha con Zane. No podían estar juntos y desnudos sin querer tocarse.

—Sí vamos a hacerlo —dijo él con indiferencia—. No voy a perder la oportunidad de pasar tiempo contigo desnuda ni en broma.

Ellie se sintió encantada en secreto, pero le lanzó la toalla, que aterrizó justo en su cabeza.

—Pervertido —lo acusó.

—Es culpa tuya —dijo devolviéndole la toalla y la culpa con una sonrisa seductora mientras le miraba los pechos lascivamente.

Ella rio como una chavala, sorprendiéndose ante lo mucho que disfrutaba de su faceta juguetona en el sexo. Dejó caer la toalla y corrió a toda velocidad al baño de la habitación principal.

—Cerraré con pestillo.

Él siguió su rastro de cerca.

—¡Y una mierda! —gritó persiguiéndola desnudo por la casa. Ellie llegó a la ducha, pero no tuvo tiempo de cerrar la puerta antes de que Zane la pillara. Nunca reconoció que fue un intento sin ganas. Quería que la atrapara, y lo hizo. Aunque fue rapidito para estar presentable a las seis…

Capítulo 15

Blake Colter estaba preparándose para subirse en su camioneta cuando vio el Ferrari 458 Spider de Marcus cruzando la entrada.

—¡Mierda! —maldijo preguntándose si Marcus iba a visitar a los pobres porque no manejaba uno de sus autos más caros. Su gemelo apreciaba todo lo rápido: los autos rápidos, los aviones rápidos y las mujeres rápidas, porque nunca se quedaba mucho tiempo con ninguna.

Blake no describiría a Marcus como un rico pijo. Cierto era que le gustaban las cosas buenas y que le gustaba llegar a donde iba mucho más rápido que los demás. En cierto sentido, entendía por qué Marcus necesitaba la velocidad, ya que trabajaba en secreto para la CIA durante sus viajes constantes por todo el mundo para gestionar los intereses globales de los Colter. Pero Blake se preocupaba por él. Algunas de las mierdas en las que se involucraba no eran muy sensatas si quería mantenerse con vida durante sus viajes de negocios. Dudando con la puerta de la camioneta abierta, Blake esperó a que Marcus saliera con estilo del auto de baja altura y se acercara a él con paso tranquilo.

—¿Dónde vas? —inquirió con curiosidad cuando se detuvo junto a Blake.

—Pensaba pasarme por casa de Zane. Me apetece ver a Chloe y Gabe.

Marcus levantó una ceja arrogante.

—¿Ya? Acaban de regresar. Chloe y Ellie van a verse por primera vez desde que Ellie desapareció. —Vaciló antes de añadir—: Solo quieres fisgar su reencuentro.

Blake se sintió violento. Lo que decía Marcus era verdad en parte. Quería ver cómo iba todo cuando Ellie y Chloe se reencontrasen por primera vez desde hacía meses. Chloe había supuesto que su mejor amiga estaba muerta, así que no iba a ser una reunión fácil ni tranquila.

—¿Sí? ¿Y qué? Quizás quiera verlas juntas. Las dos han pasado por un infierno. Aparte de que Chloe se casara con Gabe, es lo único bueno que le ha ocurrido a cualquiera de las dos. —Sabía que estaba a la defensiva, pero no le importaba una mierda.

—¿Y qué hay de Zane y Ellie? —preguntó Marcus.

—¿Qué pasa con ellos?

—Creo que Zane va a terminar siendo el siguiente Colter en dar el sí quiero.

—¿Crees que se han unido tanto? —Blake creía que a Zane le gustaba Ellie, pero no pensaba que fuera serio. Su hermano pequeño siempre había sido la clase de persona que se involucraba cuando alguien lo necesitaba. Bajo su mente brillante había un corazón tierno.

—Creo que están muy… unidos —respondió Marcus en tono divertido.

Blake le restó importancia al comentario de su hermano. Si las cosas iban en serio entre Ellie y Zane, todo el mundo lo sabría.

—¿Has venido por algo en concreto? —preguntó.

Marcus hizo un gesto para que montara en la camioneta.

—Conduce tú. Pero ten cuidado al dar marcha atrás. No quiero que golpees mi auto.

Blake observó a Marcus mientras caminaba con aire despreocupado al otro lado de la camioneta y montaba. Subiendo de un salto al asiento del conductor, lo fulminó con una mirada suspicaz.

—Tú también planeabas ir. Por eso has venido.

Marcus se encogió de hombros.

—Puede ser —dijo sin comprometerse.

Blake se sintió tentado de retroceder con la camioneta hasta golpear el coche deportivo a sus espaldas con el único fin de provocar una reacción. Últimamente, Marcus se mostraba más frío y distante. Quizás se debiera al trabajo que hacía para el gobierno. Había sido gradual, pero Blake presentía las cosas con Marcus. Los dos siempre habían podido interpretar las emociones del otro. Tristemente, Blake comprendía cada vez menos a Marcus. Era como si hubiera levantado un muro para impedir que nadie supiera lo que estaba pensando.

—¿Recuerdas ese favor que te hice, fingiendo ser tú para que no tuvieras que ir a una fiesta? —preguntó Marcus con cautela.

—¿Qué fiesta? —No se habían intercambiado desde la adolescencia.

—Esa que te daba pavor porque dijiste que la anfitriona era mandona como un sargento de instrucción.

Blake se volvió y miró a Marcus, sorprendido.

—Teníamos ocho años, Marcus, y dije que me recordaba a Cruella de Vil, lo cual la describía a la perfección.

Aunque el incidente había tenido lugar hacía mucho tiempo, Blake todavía recordaba lo decepcionado que se había sentido porque la hermana de Cruella no iba a acudir a la fiesta de cumpleaños. Y lo último que quería era ir a la fiesta sin la hermana de Cruella como mediadora.

—No lo sé. Me gustaba la pequeña sargento —musitó Marcus—. En cualquier caso, entonces dijiste que, si algún día pudieras pagármelo haciendo lo mismo por mí, lo harías. ¿Sigues dispuesto?

—¿Quieres que sea tú? Tenemos treinta y tantos. ¿Y me pides que te devuelva un favor que te prometí cuando teníamos ocho? Demonios, ya había olvidado esa historia.

—Yo nunca olvido. Y no lo necesito ahora mismo —lo tranquilizó Marcus—, sino, posiblemente, en el futuro.

—¿Qué estás tramando, Marcus? —Blake juraría que había algo detrás de esa ronda de preguntas y respuestas.

—No puedo contártelo ahora mismo —comentó Marcus con una pizca de remordimiento en la voz—. En tanto en cuanto seas senador, tengo vedado hablar de mis actividades personales.

—Ya sé que trabajas para la CIA —le recordó Blake al doblar la esquina para dirigirse a casa de Zane.

—No se trata de ellos —respondió Marcus pensativo—. No directamente, de todos modos.

—Entonces, ¿qué? —Blake estaba inquietándose. Quería saber qué demonios tramaba Marcus esta vez.

—Te lo contaré algún día. Se lo contaré a toda la familia. Pero, confía en mí, ahora mismo no puedo. Solo necesito saber que me ayudarás si lo necesito.

—Claro que te ayudaré. Eso por descontado. Eres mi hermano. —Blake estaba enojado de que Marcus no compartiera más, pero ciertamente estaría allí si su gemelo lo necesitaba.

—Bien.

Blake sabía que una palabra era todo lo que iba a recibir por respuesta.

—¿Cuándo crees que lo necesitarás?

—No sé si alguna vez necesitaré ese favor. Pero siempre vale la pena conocer todas mis opciones.

—Tú mantén a salvo el pellejo y no necesitarás nada —le dijo Blake malhumorado.

—Eso planeo —respondió Marcus con arrogancia.

Blake no tenía respuesta para ese comentario. Quería que toda su familia estuviera a salvo; los quería felices y seguros. Manejaron la corta distancia en silencio, Blake ensimismado sobre por qué Marcus necesitaría intercambiarse los papeles.

—¿Vas a algún sitio? —le preguntó Tate Colter a su esposa inocentemente.

Lara acababa de llegar a casa de la universidad. Ya se había cambiado de ropa y estaba recogiendo las llaves del auto para volver a salir. Tate estaba seguro de que sabía exactamente dónde se dirigía.

—Quería acercarme a casa de Zane a ver a Chloe —dijo recogiendo el bolso de la mesa de la cocina.

Tate se acercó por detrás y le abrazó la cintura.

—Lo que quieres realmente es ver la reacción entre Chloe y Ellie —la provocó antes de plantarle un beso en el cuello—. ¿Estás tramando jugar a los terapeutas con ellas dos?

Lara se volteó en sus brazos y lo fulminó con la mirada.

—Por supuesto que no. Todavía no tengo el postgrado y no estoy cualificada. Solo quiero ver si mi cuñada y su mejor amiga están bien. Además, echaba de menos a Chloe. ¿Qué tiene de malo?

Tate sentía haber dicho nada porque temía haber hecho daño a Lara con sus bromas.

—Preocuparse no tiene nada de malo, cariño —dijo rodeándole la cintura con los brazos—. Estaba bromeando.

Si había algo que le encantaba de Lara, entre otras muchas cosas, era su capacidad de preocuparse por los demás. Cierto era que a veces pensaba que se sacrificaba demasiado. Especialmente cuando se ofreció a un terrorista para salvar su pellejo. Pero esa era Lara y Tate no haría nada por cambiarla. Era absolutamente perfecta a sus ojos.

—Entonces hoy no eres muy gracioso —le replicó de mal humor.

—Te amo —respondió él con voz ronca, besándole la frente.

Lara se abrazó a su cuello.

—Dios, odio que hagas eso.

—¿Qué? ¿Amarte?

—Hacerme olvidar que estaba enfadada con tres palabras —susurró contra sus labios mientras se ponía de puntillas para plantarle un tierno beso en la boca.

Como de costumbre, tocar a Lara era todo lo que hacía falta para que la verga se le pusiera firme. Demonios, incluso mirarla u oír su voz podía provocarlo. Estaba desesperadamente loco por su mujer. Siempre lo había estado y siempre lo estaría.

—No pretendía enfadarte, para empezar. Es gracioso porque tengo que ir a recoger a mamá. Te he visto preparándote para salir cuando venía a hablar contigo.

Lara se echó hacia atrás para mirarlo.

—¿Por qué?

Tate se encogió de brazos.

—Para que fuéramos todos juntos a casa de Zane. No eres la única que quiere ver a Chloe. Mamá está que revienta de emoción.

Su esposa levantó una ceja.

—¿Y tú no?

—De acuerdo. Siento curiosidad. O puede que esté preocupado. Demonios, Chloe y Ellie han sufrido tanto…

Lara le ahuecó la mandíbula con barba incipiente mientras decía:

—Son fuertes, Tate. Estarán bien. De hecho, están bastante bien. Las admiro a ambas.

—¿Por qué? —preguntó él con curiosidad.

—Después de todo lo que han sufrido, ambas sobrevivieron al dolor físico y emocional. No estoy segura de qué habría hecho yo en su lugar.

Tate la miró atónito.

—Eres la mujer más fuerte y dura que conozco. Eras agente secreta del FBI, Lara. ¿Cómo de dura quieres ser?

—Eso solo es un trabajo, una fachada que tengo que mantener para la agencia. Pero nunca he conocido el dolor personal que ha sufrido cualquiera de las dos. Sí, tuve una mala relación, pero nada como eso. No como ellas.

—Lo habrías superado —respondió Tate lealmente. Tal vez Lara nunca hubiera pasado por una prueba emocional como su hermana y la mejor amiga de esta, pero no le cabía duda de que podía sobrevivir a cualquier cosa que se le presentara—. Me habría asegurado de que lo hicieras.

—Creo que lo habrías hecho, ¿sabes? —dijo Lara con una carcajada—. Eres condenadamente testarudo como para dejarme caer en espiral durante mucho tiempo. —Hizo una pausa antes de añadir—: El apoyo es importante, y ambas tenían a un buen chico en el que apoyarse cuando lo necesitaban.

—Gabe ayudó mucho a Chloe —reconoció él. Al principio, no estaba muy seguro de que involucrarse con otro chico tan pronto fuera exactamente lo que necesitaba Chloe. Pero, desde entonces, había cambiado de parecer. Gabe Walker había terminado siendo exactamente lo que necesitaba su hermana pequeña—. Menos mal que era un hombre decente.

—No dudo que Zane también ha ayudado a Ellie —respondió Lara en tono pensativo—. Suena mucho mejor, como si ya no tuviera miedo de salir y volver a vivir su vida.

Tate asintió.

—Supongo que se han hecho muy buenos amigos.

Lara bufó.

—Si crees que eso es todo lo que son, te equivocas. Ellie tiene una calidez en su voz cuando habla de Zane, ese tono que tiene una mujer cuando adora a un tipo.

Tate no estaba seguro de entender exactamente qué estaba intentando decirle su mujer. Por alguna razón, no se imaginaba a Zane en una relación seria.

—Está casado con su laboratorio, Lara. Demonios, si apenas lo vemos. Ha sido así desde que éramos niños.

—Tate, la gente cambia. Tal vez, simplemente haya estado esperando a la mujer adecuada. Yo también estaba casada con mi carrera. Hasta que un tío bueno imbécil me retó y me hizo percatarme de que la vida era mucho más que mi trabajo.

Tate no pensaba reconocer que era un imbécil, aunque probablemente lo fuera, así que respondió:

—¿Eso fue antes o después de conocerme?

Lara le golpeó el brazo en broma.

—¡Listillo! —dijo abrazándolo y apoyando la cabeza en su hombro—. Sabes que, a veces, me vuelves loca. Pero eso es exactamente lo que necesito. Tú eres exactamente lo que necesito.

Los brazos de Tate la estrecharon con más fuerza, agradecido por el fatídico día en que Lara llegó a su vida. Nunca había sabido lo solo que estaba hasta que la encontró y pensaba asegurarse de que ella nunca tuviera motivos para dejar de quererlo.

—Tú también eras lo que necesitaba, cariño. Siempre lo serás.

Permanecieron acurrucados un momento antes de preguntarle Lara:

—¿A qué hora vamos a recoger a tu madre?

Tate retrocedió y miró el reloj.

—Ahora —dijo con una sonrisa.

—Será mejor que salgamos. Me sorprende que no haya llamado todavía. Tiene que estar emocionada.

Tate abrió la puerta para dejar salir a Lara y su celular empezó a sonar en el bolsillo de sus pantalones.

Su esposa lo miró y los dos sonrieron antes de que él cerrara la puerta con llave y ambos corrieran hacia su auto.

Capítulo 16

Llegan tarde. ¿Crees que están bien? —preguntó Ellie con nerviosismo mientras miraba por la ventana por quinta vez en los dos últimos minutos, esperando a que Chloe y Gabe se acercaran por la entrada de vehículos.

—¡Ellie, para! —insistió Zane desde su asiento en el sofá del salón—. Ven a sentarte conmigo. Estar atenta para ver si vienen no hará que lleguen antes.

—Estoy bien —lo tranquilizó, consciente de que no podía sentarse. Cada fibra de su ser estaba inquieta de la emoción—. Solo espero que no esté enfadada por haberle ocultado mi rescate. Ahora no estoy segura de si hice lo correcto.

Zane se levantó y la sujetó por los hombros.

—Tenías derecho a hacer lo que quisieras. Eras tú quien estaba recuperándose de un suceso traumático grave. Era decisión tuya y no es asunto de nadie más, Ell. Tenías derecho a hacer aquello con lo que te sintieras más cómoda entonces.

—Pero es mi mejor amiga —respondió con tristeza—. Tal vez fuera egoísta, pero no quería que nadie me viera en ese estado. Necesitaba un poco de tiempo. Además, no quería que volviera corriendo por mi culpa.

—Así que, tenías derecho a recuperarte en paz —respondió Zane en tono razonable—. Solo tenías que preocuparte por ti misma. Por Dios, estuviste a punto de morir.

—Tú no me dejaste recuperarme tranquila —le recordó con una sonrisita—. Fuiste obstinado, manipulador y autoritario.

—Solo en cuanto a que te mantuvieras a salvo —gruñó él—. Quería que volvieras a ser feliz. El tener derecho a estar sola no quiere decir necesariamente que debieras estarlo.

—Te necesitaba —cedió Ellie mientras lo rodeaba con los brazos—. Simplemente no quería reconocerlo. Me salvaste de más de una manera, ¿sabes? En realidad, no tenía a nadie con Chloe fuera. Sí, he vivido toda mi vida en Rocky Springs, pero supongo que nunca me di cuenta de los pocos amigos de verdad que tenía realmente. No es que importe, porque Chloe lo compensa. Es de lo más auténtico que hay.

—Me tienes a mí —dijo Zane estrechándole la cintura—. Y los buenos amigos de verdad son difíciles de encontrar, especialmente cuando alguien trabaja tanto como tú. Cuando no estás haciendo cosas para mí, estás trabajando para levantar tu negocio en Internet. Yo pasaba tanto tiempo en el laboratorio que tampoco hice muchos grandes amigos. Tengo socios de trabajo, pero cuando se trata de gente que estaría a mi lado si la necesitara, solo está mi familia.

—Ahora me tienes a mí. —Ellie le repitió sus palabras.

—Créeme, sé lo increíblemente afortunado que soy de tenerte —respondió Zane en tono sincero, la mirada intensa.

Ellie parpadeó para contener las lágrimas, algo que hacía a menudo cuando una de las confesiones sinceras de Zane acerca de ella le llegaba al alma. ¿De verdad era tan afortunado de tener a una mujer como ella, que le había dado más trabajo que alegrías? Lo pensó un momento, deteniéndose con sus pensamientos negativos. A pesar del dolor que recordaba, había mucha alegría en su vida con Zane y ambos eran felices. Los tiempos difíciles seguían siéndolo a la hora de lidiar con ellos, pero ahora las cosas buenas tenían más peso que las malas. De hecho, a veces Ellie pensaba que su vida no podía ser más perfecta. Sí, a veces una pesadilla ocasional o los viejos hábitos la acechaban, pero Zane la había ayudado a liberarse en casi todo.

Su vida era diferente. Ella era diferente, y todo gracias a que Zane Colter había llegado a su vida. Incluso antes de su secuestro, su mundo era muy pequeño. Él la había ayudado a ampliar horizontes y, sin importar lo que ocurriera entre ellos en el futuro, siempre le estaría agradecida.

«¡Te amo!». Aunque Ellie sentía deseos desesperados de decirle aquellas palabras mientras miraba sus tempestuosos ojos grises, vaciló. Ahora eran pareja, pero Zane nunca había hablado de estar enamorado. ¿Creía en el amor o solo en la monogamia? Francamente, Ellie creía que Zane era su alma gemela, el hombre con el que siempre había estado destinada a estar. Pero aceptaba que un hombre de ciencia probablemente no estaría de acuerdo con una teoría como la suya.

De pronto, sonó el timbre, arrancando a Ellie de sus pensamientos.

—Chloe —susurró con reverencia, como si su mejor amiga fuera una superestrella.

—Ya abro yo —se ofreció Zane.

—No, estoy bien. Iremos juntos.

Zane entrelazó sus dedos con los de Ellie, ofreciéndole su apoyo en silencio mientras se aproximaban a la puerta delantera con paso tranquilo. Giró el pestillo y la pesada puerta de madera se abrió.

Allí, frente a ella, había una Chloe sonriente y feliz con el aspecto más increíble que había tenido nunca. No es que nunca se hubiera visto mal, pero ahora parecía resplandecer con una luz que antes siempre le había faltado.

Ellie la miró incrédula y después perdió el control. Extendiendo los brazos, se abrazó a su cuello y la atrajo al interior de la casa con un sollozo.

—Ay, Dios. Creí que nunca iba a volver a verte.

Sus lágrimas fluyeron libremente cuando las mujeres se unieron en un abrazo tan eufórico que ambas cayeron de rodillas.

—Lo siento, Ellie. Lo siento muchísimo —lo lamentó Chloe atragantándose entre las lágrimas.

Esta abrazó más fuerte a su amiga.

—Ya ha terminado. Estoy aquí. No importa.

Ahora, Ellie se alegraba de no haberle contado a Chloe que estaba viva. Solo podía imaginarse cómo habría reaccionado si la hubiera visto cuando parecía un saco de huesos y ni siquiera podía caminar por sí misma. Con su corazón inmenso, las imágenes habrían perseguido a Chloe para siempre.

—Tenía tanto miedo de no volver a verte —musitó Chloe entre fuertes sollozos de alivio—. ¡Te quiero mucho! —exclamó.

—Yo también te quiero —respondió Ellie de inmediato.

Ninguna de las dos se percató cuando los hombres las pusieron en pie, ambos con aspecto preocupado y los ojos sospechosamente cristalinos. Ninguno de ellos pudo apartar la vista durante el reencuentro. Lo único que pudieron hacer fue compartir la alegría de las dos mujeres, tan felices de volver a estar juntas. Finalmente, Chloe retrocedió y tomó a Ellie por los hombros.

—Deja que te mire. Dios mío. Te ves fantástica. Has perdido peso y me encanta tu pelo corto.

Ellie sonrió a Chloe, decidida a no mencionarle nunca por qué tenía un peso normal exactamente. Tampoco iba a decir nada de su corte de pelo. Había crecido, pero tardaría años en recuperar el largo que tenía antes. Por otra parte, tampoco estaba segura de quererlo. Le gustaba el estilo más corto y la facilidad de cuidarlo.

Estrechando las manos de su amiga, Ellie llevó a cabo su propia inspección de Chloe, percatándose de lo despreocupada que se veía ahora, a excepción del río de lágrimas que caía por sus mejillas.

—Pareces feliz —dijo sencillamente. Resumía a la perfección lo que veía.

—Lo estoy. Ah, deja que te presente a Gabe, mi marido.

Desenganchándose de Chloe, Ellie miró al hombre alto, guapo y misterioso junto a su amiga.

—Nuestros caminos se han cruzado unas cuantas veces. Enhorabuena, Gabe. Tienes la esposa más maravillosa que podrías desear —le dijo Ellie con un guiño mientras le ofrecía la mano.

Gabe asintió y le sonrió mientras se la estrechaba.

—Ya lo creo —contestó, arrastrando ligeramente las palabras—. Y si lo olvido, me lo recuerda.

Chloe le dio un golpecito en el brazo.

—¡No lo hago! —contradijo ella, burlándose indignada. Apartando el brazo, Ellie se percató de que la sonrisa llegaba a los ojos de Gabe, haciéndolos brillar con picardía. Dios, su mejor amiga había encontrado al hombre perfecto. Ellie tenía la sensación de que Gabe y Chloe reían un montón. Observó cómo Gabe y Zane se estrechaban la mano y se daban palmaditas en la espalda. Chloe se volvió hacia su hermano y le dio un enorme abrazo.

—¿Qué tal la larga luna de miel? —preguntó Zane, aparentemente para relajar el ambiente—. Pasad al salón —dijo tomando la delantera.

—Fue alucinante —dijo Chloe con entusiasmo—. Pero nada del viaje fue mejor que volver a casa. Me parece surrealista que Ellie esté aquí. Supongo que tardaré un poco en acostumbrarme a tenerla de vuelta.

Las dos mujeres tomaron asiento en el sofá y se giraron para mirarse frente a frente.

—¿De verdad estás bien? —preguntó Chloe vacilante.

Ellie asintió.

—No te mentiré diciéndote que no tengo algunas secuelas, pero estoy tratándolas. Zane me salvó la vida.

—¿Pasaste frío? ¿Te alimentaba ese cabrón? ¿Te hizo daño? —preguntó Chloe con una nota de desesperación en la voz.

—Tenía frío y me dejó muy poca comida y agua, pero la suficiente para aguantar hasta que Zane me encontró. —Ellie no pensaba mentir a Chloe, pero esperaba que su amiga no preguntara nada más.

Ambos hombres se habían sentado en sendos sillones frente al sofá; los ojos de Chloe sondearon a Zane.

— Gracias. Pero todavía quiero matarte por no decirme que estaba viva.

—No lo hagas —la interrumpió Ellie—. Por favor, no culpes a nadie más que a mí. Quería un poco de tiempo para despejarme. Zane y Gabe lo respetaron. Si estás enfadada, es por mi culpa. Les pedí que no te lo contaran. Creo que ambas necesitábamos tiempo para sanar.

—No estoy enojada contigo, Ellie. En realidad, tampoco estoy enojada con Zane. ¿Cómo podría estarlo? Te salvó.

Sonó el intercomunicador de la verja y Ellie miró a Zane, perpleja.

—¿Viene alguien más?

Zane puso los ojos en blanco.

—¿Estás de broma? Vendrán todos. Quizás debería dejar la verja abierta.

—¿Quiénes?

—Mi familia. ¿De verdad pensabas que mis hermanos y mamá se perderían esto?

Chloe gritó encantada mientras se levantaba de un salto para responder al intercomunicador.

—No sé cómo abrir, pero me alegro de que estén aquí. Solo desearía que nos hubieran dado más tiempo para hablar.

Sinceramente, Ellie se sintió aliviada. Aunque quería tener un poco de tiempo tranquila con Chloe, no estaba segura de sentirse preparada para algunas de las cosas que podría preguntarle su amiga. Zane se puso en pie sin molestarse en responder al intercomunicador y dejó entrar al auto con un zumbido. Antes de que el auto llegara al final del camino, tuvo que dejar que otro vehículo cruzara la verja.

—¡Cómo está el patio! Espero que algunos hayan venido juntos —se quejó mientras iba a abrir la puerta.

Ellie supo que el deseo de Zane se había cumplido al ver entrar juntos a Marcus y Blake. Tate, Lara y la madre de Chloe llegaron unos minutos después. Aileen había llevado cena para todos desde el resort, así que los chicos sacaron las cosas del coche de Lara. Mientras el grupo se alejaba del salón, Zane la agarró del brazo cuando entraba en la cocina.

—Cariño, odio hacer esto ahora mismo, pero Sean acaba de llamar. Tiene una emergencia en el laboratorio.

—¿Hoy? Es fin de semana. —Ellie sabía que parte del personal de investigación trabajaba los fines de semana, pero en raras ocasiones se trataba de los tipos de arriba. Sean solía irse con Elena y no tenía que trabajar los fines de semana.

—Dijo que Elena lo ha dejado y quería dejar de pensar en ella. Así que fue a trabajar porque estaba empezando a tener un poco de suerte en uno de nuestros proyectos. Pero algún equipo no funciona. Tengo que ponerlo en funcionamiento para el lunes por la mañana.

—Entonces, ve —lo urgió Ellie—. Yo me quedaré aquí charlando con Chloe.

Zane asintió de mala gana.

—Siempre te quiero conmigo, pero no voy a sacarte a rastras de aquí ahora mismo. Mañana estaré de regreso.

Ellie se abrazó al cuello de Zane y lo besó, ahí mismo, delante de su familia. Él profundizó el abrazo, acariciándole el cabello con las manos y devorándole la boca hasta quedarse sin aliento.

—Te echaré de menos —le dijo con sinceridad.

—Yo también a ti. Diviértete con Chloe.

Desapareció tan rápido como se había acercado a ella, dejando atrás un montón de miradas inquisitivas. Ellie echó un vistazo a su alrededor y todos miraban fijamente. El único que no parecía sorprendido era Marcus.

—Estamos saliendo —musitó Ellie con nerviosismo.

Marcus se cruzó de brazos con una sonrisa malvada.

—Eso espero. Si no, voy a tener que hablar con él sobre la etiqueta en la amistad.

Chloe se abalanzó sobre Ellie con entusiasmo y le dio un gran abrazo.

—Estoy muy feliz por vosotros. Gracias.

Ellie le devolvió el abrazo.

—¿Por qué?

—Por hacer feliz a mi hermano. Me di cuenta de que le importas por su expresión. Me alegro mucho de que el sentimiento sea mutuo.

—Muy mutuo —dijo Ellie entre carcajadas.

—Sé que estabas loca por él cuando eras más joven y siempre me pregunté si todavía quedaba algo ahí. Preguntabas mucho por él.

Ellie se ruborizó.

—Lo siento. No estaba fisgoneando. Solo… —«De acuerdo. Tal vez quisiera saber qué estaba haciendo Zane, con quién estaba saliendo y cualquier información que pudiera conseguir. Pero no fue intencionado», pensó.

—Está bien. Él también me acribillaba a preguntas para conseguir información sobre ti —la tranquilizó Chloe—. Solo me alegro de que estéis juntos ahora. ¿Lo amas?

La pregunta de su mejor amiga la pilló desprevenida. Finalmente, asintió.

—Con todo mi corazón. He querido decírselo muchas veces, pero no quería estropear lo que tenemos.

—No lo harás. Él también te ama —respondió Chloe con aire despreocupado.

Ellie quiso preguntarle cómo lo sabía y si realmente creía que fuera verdad, pero su amiga se distrajo cuando su madre tiró de ella hacia la cocina para hablar y ponerse al día.

Chloe articuló con los labios:

—Luego hablamos.

Ellie asintió y se volvió hacia Blake, que estaba intentando preguntarle dónde había ido Zane. Se le encogió el corazón al explicarle que había tenido que ir al laboratorio. Resultaba patético, pero ya lo extrañaba.

Capítulo 17

L a improvisada reunión familiar se prolongó durante horas, con muchas risas, comida y bebida mientras todo el clan se ponía al día. Aileen estaba exultante; dijo que era raro que todos estuvieran al mismo tiempo en Rocky Springs. También insinuó que le alegraba que Zane tuviera a alguien para obligarse a salir del laboratorio de vez en cuando.

Era tarde cuando Ellie recibió la llamada que estaba a punto de hacer que todo su mundo se le viniera encima. Casi toda la familia se había acomodado en la sala de estar porque era más grande, cuando Ellie escuchó el tono de llamada de Zane en su celular. Levantándose de un salto, se apresuró a la cocina y rápidamente revolvió su bolso en busca del teléfono.

—Hola —respondió finalmente, sin aliento.

—¿Ellie? —Aquella no era la voz de Zane. Ellie se desconcertó un momento hasta que la reconoció.

—¿Sean? ¿Qué pasa? ¿Dónde está Zane? —El corazón comenzó a latirle acelerado, a sabiendas de que si Zane dejaba que Sean usara su celular, algo andaba mal.

—Está aquí, pero está un poco atado. Literalmente. No sabría decirte si aprecia que le apunte con un arma a la cabeza, pero no me importa una mierda.

A Ellie se le cayó el alma a los pies al presentir el estado de ánimo de Sean, el sonido de la manía en su voz. Ella ya lo había experimentado antes y no había salido bien.

—¿Por qué? Sean, ¿por qué ibas a hacer eso cuando fue él quien te eligió para estar a cargo del laboratorio de investigación? Él te contrató, fue tu mentor después de colocarte en un puesto de poder en el laboratorio.

—¿Crees que soy un jefe? Por Dios, no. No tengo el dinero que tiene Zane y nunca lo tendré, a menos que yo cree mi propia suerte. Tu novio nació con una cuchara de platino en la boca. Yo, no. Lo único que siempre quise fue a Elena y ella me ha dejado por un hombre más rico. La quiero de vuelta. Para conseguirlo, necesito dinero y la manera de enriquecerme lo suficiente para recuperarla. Y tú me los vas a traer.

Ellie entró en la sala de estar; todos los miembros de la familia Colter se quedaron en silencio al ver su tez pálida. Ella se llevó un dedo a los labios indicándoles que guardaran silencio.

—Te lo llevaré si me prometes que no harás daño a Zane. Por favor.

Tate se levantó y se acercó hasta donde ella estaba parada con el teléfono, girándolo para poder escuchar con ella.

Sean gruñó.

—Eso no es lo único que quiero. Zane ha estado haciendo una investigación privada, un proyecto independiente que no pertenece al laboratorio. Quiero la investigación.

—Yo-yo, ni siquiera sé dónde está. ¿Qué es?

—Tiene un laboratorio subterráneo allí. Necesito la computadora portátil que guarda allí.

—Yo no…

Tate se puso rápidamente un dedo sobre la boca y negó con la cabeza. ¿Estaba diciéndole que no le contara a Sean que no tenía acceso al laboratorio? A todas luces, eso era exactamente lo que parecía estar diciendo.

—No sé dónde está exactamente, pero lo encontraré —le dijo vehementemente a Sean, percatándose de que Tate tenía razón. Si admitía que no podía obtener lo que quería Sean, este podría matar a Zane.

—Hazlo rápido. Te quiero aquí mañana a las diez de la mañana o liquidaré a tu novio. Así podrás ver lo que se siente al perder a alguien que amas. Tal vez entonces lo entiendas —divagó Sean.

—Es fin de semana. Tal vez el dinero no sea accesible —dijo para alargar la llamada.

—Son los Colter. —Sean escupió el nombre como si fuera repugnante—. Esos cabrones pueden conseguir lo que quieran. Quiero un millón de dólares en billetes sin marcar y la computadora portátil del laboratorio de casa de Zane.

—¿Hay alguien más contigo en el laboratorio? —Ellie vio a Tate asintiéndole por el rabillo del ojo.

—No. Todos se tomaron el fin de semana libre. Solo estamos yo y el imbécil que distrajo a mi chica con dinero.

A Ellie le temblaban las manos, así que Tate le quitó el teléfono y lo mantuvo en la misma posición. Ella quería hablar con Sean, decirle que Elena nunca había merecido la pena todo aquello, que Zane nunca había tenido el menor interés en ella, pero no lo hizo. Zane nunca había alentado a la mujer. Ellie lo había visto de primera mano, pero era imposible razonar con un hombre que se había vuelto completamente loco. Por desgracia, ella lo había aprendido de la manera más difícil. Aunque estaba agradecida de que Sean no pudiera lastimar a nadie más en el laboratorio, estaba aterrorizada por Zane.

—Quiero hablar con él. Pon a Zane al teléfono para que sepa que sigue vivo.

Escuchó una pelea y luego la voz desesperada de Zane.

—Ellie, no vengas aquí. Llama a la policía y deja que ellos se encarguen. No va a dejar que ninguno de los dos salgamos con vida. Nos matará a los dos.

Sean debió de amordazar a Zane nuevamente, porque había silencio cuando regresó al teléfono.

—Está equivocado. Si sigues mis instrucciones, lo dejaré marchar. Tendré los medios para convertirme en un hombre muy rico con el dinero y su investigación. Si traes a la policía o veo un auto de policía aparcado frente al edificio, se acabó. Trae las cosas por la mañana y ven sola. Si no lo haces, tu novio es hombre muerto.

Ellie se asustó al oír el sonido distintivo de una línea cortada.

—¡Sean! ¡Espera! ¡Por favor!

Tate colgó el celular de Ellie y lo dejó en una de las mesas de la sala de estar.

—¿Un empleado insatisfecho, entiendo? —preguntó Tate.

Ellie explicó rápidamente todo lo que sabía sobre Sean y Elena a la familia de Zane, lo cual era muy poco en realidad. Luego, compartió todo lo que había sucedido durante la llamada.

—Así que es una perra en busca de fortuna que ni siquiera vale la pena —comentó Marcus asqueado.

—No sé qué hacer —reconoció Ellie—. Ni siquiera sé cómo acceder al laboratorio de Zane aquí. Siempre quiso llevarme, pero nunca tuvimos la oportunidad antes de irnos a Denver.

—¿Conoces el proyecto en el que está trabajando? —preguntó Blake.

—Sí. No en profundidad, pero dijo que ha estado trabajando en unas vacunas para algunas enfermedades extendidas por todo el mundo. Como iba a tomarle años, comenzó el proyecto al margen. No sé cómo de cerca está de haberlo terminado, pero sé que poner esa investigación en las manos equivocadas podría ser desastroso, si el único objetivo para desear la investigación es ganar dinero. Zane no quería productos farmacéuticos. Buscaba prevención. Por eso lo mantuvo en secreto. Quería llevar la investigación hasta las vacunas y es meticuloso en cuanto a la investigación y replicación exhaustivas antes de tomar medidas ante un descubrimiento. Probablemente sentía que podía compartir la información del proyecto con Sean. Él es el director de la oficina de Denver. La información de Zane debería haber estado a salvo con Sean.

—¿Dónde está su laboratorio? —preguntó Tate con urgencia.

—Subterráneo. Pero tiene medidas de seguridad.

Tate sonrió.

—Es no será un problema. Solo llévame hasta allí. —En tono más serio, preguntó—: Marcus, ¿puedes reunir el dinero?

El mayor de los Colter ya estaba enviando mensajes de texto.

—Estoy en ello.

Ellie llevó a Tate a la entrada del laboratorio subterráneo y deslizó el panel frontal a un lado. Tate la empujó suavemente, mirando el dispositivo de seguridad en la puerta.

—Es un escáner de huellas dactilares —observó, jugando con algunos de los mecanismos de la pesada puerta.

—¿Entonces no podemos entrar sin la huella de Zane?

—En general, no. No, a menos que él reconfigurase la puerta para aceptar tus huellas también.

—No lo hizo —dijo Ellie con tristeza, deseando haberlo presionado más para ver lo que estaba haciendo en el laboratorio—. No creo que me quisiera allí abajo sola. Dijo que había demasiadas sustancias nocivas.

—No te preocupes, Ellie. Puedo violar el sistema. Solo necesito unas herramientas, y puede llevarme un tiempo. Pero ningún sistema de seguridad es inquebrantable si sabes lo suficiente sobre ellos.

Ellie sabía que, probablemente, Tate una de las mejores personas para tener cerca si necesitaba a alguien para un allanamiento de morada.

—De acuerdo. ¿Qué más puedo hacer? ¿Debo informar de esto a la policía?

—Ni en broma —comentó Blake cuando llegó para ver qué hacía Tate—. Enviarían policías al edificio. En el minuto en que este imbécil vea un coche de policía, las posibilidades de Zane de salir con vida no son muchas.

—Tiene razón —comentó Marcus, que había seguido a Blake por el pasillo—. Los policías van a hacer lo que están entrenados para hacer. Eso significa operativos especiales SWAT, negociadores de rehenes y todas las demás cosas que harán que mate a Zane. Cuando Tate entre en el laboratorio, nosotros lidiaremos con esto.

—Voy con vosotros —dijo Ellie obstinadamente—. Me dijo que lo llevara yo. Si os ve a vosotros, podría salir mal. Además, conozco el edificio. Sé cómo entrar sin ser detectada. Tengo los códigos de las alarmas y sé dónde están ubicadas la zona de laboratorio y los despachos.

—No vas a ir —dijo Tate rotundamente—. Zane nunca nos lo perdonaría si te pasara algo. ¡Dios! Acabas de recuperarte de ser secuestrada.

—Si no me lleváis con vosotros, me presentaré allí de todos modos —argumentó Ellie. No iba a quedarse atrás ni en broma.

—Yo también voy —insistió Blake.

—Ninguno de los dos estáis entrenados en situaciones con rehenes. Solo dejad que Tate y yo lidiemos con él para que nadie más salga herido —dijo Marcus bruscamente.

Ellie se cruzó de brazos y miró a los tres hombres.

—Tengo que ir. Él está esperando verme ¿Cómo crees que vas a explicárselo cuando no me presente? Si lo atrapáis con la guardia baja, podríamos tener una oportunidad.

—En eso tiene razón —aventuró Tate—. Pero sabes que Zane va a ponerse furioso.

Blake se encogió de hombros.

—Mejor furioso que muerto.

—No me gusta —farfulló Marcus—. Es demasiado arriesgado para Ellie.

Frustrada, Ellie dio media vuelta y volvió a la sala de estar, esperando encontrar algún apoyo. Los tres hombres la siguieron.

—No es que no te creamos capaz de hacerlo, Ellie —dijo Tate al entrar en la sala de estar con los demás justo detrás de él.

—Entonces dime qué es, porque voy a estar allí, os guste o no. Es la única esperanza de Zane ahora mismo. Si os ve a los dos, Sean podría matar a Zane. —Inspiró hondo y trató de calmarse.

—Tienes que entender que no podemos poner tu vida en peligro. Yo mataría a cualquiera que permitiera que Lara sufriera algún daño, incluidos mis hermanos —respondió Tate con irritación.

—Yo también voy —informó Lara a su esposo en tono realista—. Podría veniros bien otro profesional cualificado con un arma.

—Y una mierda que lo harás —discutió Tate enojado, lanzándole una mirada de advertencia a Lara.

Ellie vio a Chloe sentada en el sofá con una Aileen llorosa, intentando consolar a su madre. Tanta discusión no estaba facilitándole aquello a Aileen ni al resto de la familia.

—¡Parad! —gritó Ellie levantando la voz para hacerse oír por encima de todo ese ruido. Ahora no era el momento de debatir—. Creo que todos tenéis que comprender que nada me impedirá estar en ese edificio mañana por la mañana. Zane me salvó la vida. Él nunca se rindió conmigo, aunque debería haberlo hecho. —Dudó un momento antes de añadir—: Como él nunca se rindió conmigo, yo nunca voy a rendirme con él. Preferiría morir intentándolo que vivir en este mundo sin él.

Tenía el rostro empapado en lágrimas cuando terminó su discurso.

—Sabemos que te importa —dijo Blake en voz baja.

—Lo amo —lo corrigió haciendo énfasis en cada palabra—. Lo amo más que cualquier otra cosa en este mundo.

Dios, desearía haberle dicho a Zane lo que sentía. Ahora le parecía insignificante haberse preocupado por su reacción.

—¿Trazamos un plan o vamos a sentarnos aquí a discutir? —preguntó Marcus secamente.

Todos decidieron que un plan era la mejor opción.

Capítulo 18

Zane sabía que iba a morir. Solo era cuestión de cuándo decidiera liquidarlo Sean. El único consuelo que tenía era que, al menos, Ellie no estaba allí con él y saber que sus hermanos la mantendrían a salvo.

Había sido una noche muy larga con Sean manteniéndolo semiinconsciente para poder dormir. Como si no fuera suficiente con estar atado a una silla en el despacho de Sean. Su captor se había esmerado tanto que Zane no podía soltarse. Y, maldita sea, vaya si lo había intentado. Una y otra vez. En el momento en que empezaba a hacer mucho ruido, Sean se levantaba y volvía a golpearle la cabeza. Por suerte, ahora Zane oía a su empleado roncando desde el sillón de su despacho a sus espaldas.

En realidad, le parecía bastante irónico estar prisionero en un despacho que le pertenecía y que le había dado a Sean cuando lo contrató no hacía mucho tiempo. Además, era un despacho increíblemente agradable. Ahora se arrepentía de no haber colocado a su director en un cuchitril mierdero en lugar de garantizarle un despacho ejecutivo tan bonito como el suyo.

Zane intentó no hacer ruido cuando empezó a aclarársele la mente. Quería estar espabilado y consciente en caso de que llegara la policía, para ver si podía hacer algo que lo ayudara a mantenerse con vida. Sinceramente, había esperado la intervención policial mucho antes. Sin duda, ya había amanecido y, al ver el sol naciente por la ventana, ya era muy pasada el alba.

«¡Joder!», pensó. Esperaba con todas sus fuerzas que Ellie no planeara cumplir con las exigencias de Sean. El cabrón los mataría a ambos en un abrir y cerrar de ojos si llegara andando al edificio con las cosas que quería Sean. Sintió un escalofrío en el corazón.

Fueran cuales fueran los problemas de Sean, no iban con Zane. Simplemente se había convertido en la obsesión de su empleado, un objetivo que en realidad no existía. «¿Por qué no vi las señales? ¿Cómo pudo ocultar esta faceta durante tanto tiempo?», se preguntó. Zane sabía que eso sucedía. Por Dios, acababa de ver una noticia de un padre, marido y, aparentemente, un hombre normal sin antecedentes penales que un día, sin más, estalló y mató a una multitud en un tiroteo masivo.

Quizás, la última deserción de Elena había provocado a Sean, pero Zane no tenía duda de que los problemas mentales de Sean siempre habían existido y habían permanecido ocultos, esperando una razón para volverlo psicótico. Tal vez el tipo tuviera una mente científica brillante, pero en otras zonas de su cerebro, decididamente había problemas importantes.

Volviendo la cabeza lentamente, Zane miró el reloj. «¡Son casi las nueve!», pensó empezando a ponerse nervioso, preocupado por el hecho de que la policía no hubiera aparecido aún. «¿De veras va a intentar traer Ellie lo que quiere Sean? Por favor, Dios, ¡no! No es posible. Nunca le di acceso a mi laboratorio en Rocky Springs», se dijo. Sin embargo, sabía que Ellie habría tenido que colaborar con su familia si quería el dinero que le había exigido Sean. Sus hermanos podían ser extremadamente peligrosos. Con las habilidades de Tate y Marcus, Zane no dudaba que tal vez intentaran hacer algo ellos mismos. Era la única explicación de por qué la policía no estaba allí. «¡Dios! Lo último que quiero es que ninguno de ellos resulte herido», pensó.

Probablemente, tendría más posibilidades de salir de aquello con vida si Tate y Marcus planeaban algo juntos. Lo cierto era que quería vivir. Zane no quería dejar a Ellie sola en este mundo y quería estar ahí para ella. Todavía no habían tenido bastante tiempo. No estaba preparado aún. «No le he dicho cuánto la amo». Ese era su mayor arrepentimiento. Tal vez no fuera un tipo romántico y quizás no hubiera sido muy bueno diciéndole a Ellie lo que sentía exactamente. «¡Maldita sea! ¿Es tan difícil decirle que la amo y que haría prácticamente cualquier cosa con tal de verla sonreír?», se preguntó.

Obviamente, era difícil o ya se lo habría dicho. No había querido asustarla sincerándose su corazón de una sentada. Ahora desearía haberse arriesgado.

De pronto, cesaron los ronquidos de Sean y Zane cerró los ojos rápidamente. Era mejor aparentar que seguía inconsciente hasta que ocurriera algo; sabía que algo pasaría. Conocía a sus hermanos y ellos no dejarían la suerte de su hermano en manos de la policía, especialmente cuando Sean había amenazado con matarlo en cuanto viera un coche de policía.

Algo iba a ocurrir. Sabía que su familia tramaba algo. Solo desearía saber exactamente qué tenían planeado.

Ellie esperó el tiempo suficiente para que Tate, Marcus y Lara accedieran al sistema de ventilación. Los había introducido en el edificio a través de la entrada para entregas con su llave antes de introducir el código que detendría el sistema de alarma en el perímetro y volvió a bloquear la entrada trasera cuando los tres se situaron.

Una vez elaborado su plan la noche anterior, Blake fue excluido porque lo que estaban haciendo no era precisamente la forma en que el gobierno aprobaría el manejo de la situación y Blake tenía que considerar su puesto de senador. No le hizo gracia, pero finalmente se retiró, principalmente porque no quería ser un obstáculo, ya que no tenía experiencia en las fuerzas del orden.

«Tengo que ser paciente. Tengo que darles tiempo para que crucen el sistema de ventilación», se dijo.

Ellie no había dormido, pero distaba mucho de estar cansada. Tenía los nervios de punta y le temblaban las manos mientras se dirigía a la entrada delantera del edificio. Sabía que estaría mintiendo si dijera que no tenía miedo, pero ahora mismo temía por la vida de Zane.

«¿Y si ya está muerto?», pensó horrorizada. Tuvo que detenerse y respirar profundamente, despejar la mente de pensamientos negativos. No podría funcionar como lo necesitaba si cundía el pánico.

Un escalofrío le recorrió la espalda y al instante supo que estaba siendo observada. La ventana de la oficina de Sean se asomaba a la entrada y Ellie estaba segura de que él estaba analizando cada movimiento suyo.

Levantando la bolsa de lona por encima del hombro para que pudiera ver que llevaba una bolsa y un portátil bajo el otro brazo, abrió la puerta de Laboratorios Colter y entró.

De un vistazo al panel de la alarma, se percató de que el sistema para el edificio principal estaba apagado. O bien Sean no había reactivado las alarmas de la oficina y la recepción, o simplemente las había apagado antes de que ella entrara.

Su teléfono sonó y Ellie se sobresaltó; estuvo a punto de dejar caer la computadora de Zane. Apresuradamente, apoyó la bolsa y el portátil en el escritorio de la recepcionista y sacó su celular del bolsillo de sus pantalones.

Miró la identificación de llamada antes de responder.

—Tengo lo que quieres. Ahora quiero un intercambio —dijo con voz sorprendentemente firme. La ira porque Sean hubiera envuelto a Zane en su juego macabro alimentaba su coraje en ese momento.

—Ven a mi despacho sola —le advirtió Sean.

—Estoy sola —le replicó—. Voy en camino y quiero ver a Zane.

—Está aquí. No está muy contento ahora mismo —contestó Sean alegremente.

—¿Qué le has hecho? —preguntó Ellie furiosa, solo para descubrir que se había cortado la línea.

—¡Mierda! —gritó volviendo a meterse el teléfono en el bolsillo y recogiendo los artículos de la mesa antes de abrirse camino hasta los ascensores que llevaban a los despachos.

Para entonces, Tate, Lara y Marcus deberían estar en sus puestos. Ellie no estaba segura de qué había hecho que Tate cediera finalmente y trajera a Lara consigo. Pero Ellie le había escuchado recordarle una promesa a su esposa antes de entrar al edificio, por lo que sabía que Tate no creía que Lara debiera acercarse a la situación peligrosa.

Ellie inspiró hondo varias veces antes de que el ascensor se detuviera en el piso donde se encontraba el despacho de Sean, tratando de mantenerse lo más tranquila posible. Su mayor temor era no poder salvar a Zane.

«Él nunca renunció a mí. No voy a renunciar a él», se prometió.

Las palabras se habían convertido en su mantra, su fuerza. Daría su vida por la de Zane en un instante; solo temía no tener la oportunidad.

La puerta del despacho de Sean estaba abierta y Ellie sintió el corazón batiéndole en el pecho mientras entraba lentamente en la sala, buscando a Zane frenéticamente.

—¿Dónde está? —preguntó, sintiendo deseos de arrancarle la sonrisa malvada de la cara a Sean cuando este la recibió en la puerta.

—Yo llevaré eso —gruñó en tono amenazador, arrebatándole la bolsa de lona y el portátil.

Sus ojos captaron que uno de los sillones del despacho de Sergio se movía, un par de botas de senderismo apoyadas en el suelo.

—¡Zane! —exclamó. Ignoró a Sean, que revolvía la bolsa para asegurarse de que contenía dinero real, y corrió hacia la silla.

La furia le corrió por las venas al verlo atado al sillón del cuello hasta la rodilla, literalmente, con sangre brotándole de la cabeza y la cara magullada.

—Cabrón —dijo Ellie volviéndose e insultando a Sean—. Le has hecho daño.

—No dije que no fuera a divertirme un poco —respondió Sean con indiferencia mientras sacaba su pistola de la cinturilla del pantalón y la apuntaba en su dirección.

—Dijiste que querías un intercambio. —Intentó no inmutarse cuando Sean agitó el arma en el aire despreocupadamente antes de volver a apuntarla hacia ella y Zane. Mantuvo a Zane de espaldas a Sean mientras ella le hacía frente, su cuerpo junto al sillón de Zane. Si Sean pensaba dispararle, tendría que atravesarla a ella primero.

—Seguro que no eres tan ignorante, Ellie —respondió Sean—. Si te dejo ir, ¿entonces qué? Pasaría el resto de mi vida huyendo. No es así como tengo planeadas las cosas. Os mato a los dos y, cuando encuentren vuestros cuerpos, estaré saliendo del país. Tengo un vuelo chárter a la espera y puedo vender descubrimientos científicos en cualquier lugar. Un millón de dólares puede serme muy útil para instalarme en un sitio donde estaré a salvo.

—La familia de Zane te perseguirá como un perro de caza tras el rastro de un conejo. Te perseguirían hasta el fin del mundo si hiciera falta —siseó Ellie.

—Hay lugares donde ni siquiera llegan los Colter. Además, no pueden demostrar que no tuvisteis una pequeña disputa doméstica y terminasteis con un caso de asesinato y suicidio. Puedo hacer que lo parezca.

—Ya saben que es tu rehén.

—Tendrían que demostrar que os maté a los dos. Créeme, cubriré mis huellas.

Sean levantó el arma para llevar a cabo sus intenciones asesinas. Entonces, todo sucedió a la vez.

Ellie estrelló su cuerpo contra el sillón de Zane, empujándola tan fuerte que ambos aterrizaron al otro lado de la sala cuando la pistola de Sean restalló e hizo blanco en la zona donde ella y Zane estaban justo antes, rompiendo el cristal de la ventana del despacho en el proceso.

Desde su lugar estratégico en el suelo, Ellie intentó captar la situación. Evidentemente, Marcus debía de haber soltado la pesada rejilla de metal del sistema de ventilación; el golpe en la cabeza desorientó a Sean antes de que Marcus cayera justo encima de él y lo redujera. Tate lo siguió, lanzándose a la refriega. Lara se columpió hacia un lado, aterrizó de pie en el suelo alfombrado y desenvainó su pistola.

Sin la menor duda de que Marcus, Tate y Lara podían hacerse cargo de Sean, Ellie dirigió su atención a Zane. Encontró unas tijeras y una navaja en los cajones de la mesa de Sean para empezar a cortar sus ataduras. Primero le arrancó la cinta adhesiva de la boca; en retrospectiva, fue un gran error.

—¿Qué demonios creías que estabas haciendo? Te dije que llamaras a la policía. Tenías saber que no era probable que nos dejara ir a ninguno de los dos. ¿Por qué has hecho esto, Ellie? Te pedí que no lo hicieras. —Zane estaba furioso, pero también había miedo en su mirada.

Ellie había cortado la abundante cuerda y el bramante que rodeaban el cuerpo de Zane y había desatado algunos de los nudos.

—Te juro que, como digas una palabra más, vuelvo a ponerte la cinta en la boca —le advirtió mientras hacía músculo cortando una de sus corbatas.

Por el rabillo del ojo, pudo ver que Marcus y Tate habían reducido fácilmente a Sean. Los agentes de policía entraron a toda velocidad por la puerta.

—Justo a tiempo —oyó farfullar a Tate cuando los agentes tomaron custodia del loco que no paraba de forcejear.

—Solo dime por qué. Podría soportar que ese imbécil me matara, pero no a ti —gruñó Zane.

Ellie cortó y tiró de una cuerda especialmente tensa mientras respondía:

—Bueno, pues yo no podría soportar que te matara a ti. Habría sido como si también me matase a mí. Aunque no estás siendo muy agradable ahora mismo, amo tu obstinado pellejo, Zane Colter, y no estaba por la labor de renunciar a ti. Tú nunca te rendiste conmigo. —Ellie repitió su mantra, esperando que fuera la última vez que necesitara decirlo.

La cuerda cedió por fin y Ellie logró liberar a Zane de su cautiverio. Tenía que estar dolorido. No había podido moverse en toda la noche. Marcus, Tate y Lara corrieron hacia Zane en el momento en que la policía sacó del despacho a Sean, esposado.

—¿Estás bien? —preguntó Marcus, frunciendo el ceño al ver la sangre emanando de la cabeza de Zane y los moratones en su rostro.

—¿Acabas de decirme que me amas? —preguntó Zane, la mirada centrada en Ellie.

—Sí. Estoy cansada de no decirlo, así que lo diré de nuevo. Te amo, Zane Colter, y no podías esperar que me sentara y no hiciera nada.

—Yo también te amo —respondió Zane con voz ronca—. No habértelo dicho era mi único remordimiento.

A Ellie se le colmó el corazón cuando lo miró.

—Marcus ha preguntado si estás bien —le recordó, ya que él había ignorado a su hermano por completo—. ¿Puedes mantenerte en pie?

—Por supuesto —dijo Zane con arrogancia empezando a levantarse del sillón.

Por suerte, Tate y Marcus estaban allí para atrapar el cuerpo de Zane cuando se desplomó y lo tumbaron en el suelo con delicadeza.

—Lo siento. Creo que me he mareado —farfulló Zane con los ojos cerrados.

Marcus examinó las heridas de Zane.

—Tiene algunos cortes y bultos bastante feos. Creo que necesitamos una ambulancia. Probablemente tiene un traumatismo craneoencefálico.

—Ya está en camino —respondió Lara mientras se guardaba el celular en el bolsillo; obviamente, ya había pedido ayuda.

—Voy a enfadarme cuando no esté tan mareado —musitó Zane—. Ellie y Lara no deberían haber estado aquí, desde luego, y tampoco nadie de mi familia. Deberíais haber llamado a la policía. ¿Y cómo demonios conseguisteis mi portátil?

—Tienes un hermano que era de las Fuerzas Especiales, otro que es agente de la CIA y una cuñada que es ex agente del FBI. Si ninguno de nosotros hubiera podido llegar a tu portátil, habría sido muy triste —le dijo Lara a Zane en tono jocoso.

Zane frunció el ceño sin abrir los ojos, lo cual hizo sonreír a Ellie. Sabía que probablemente le molestaba que su sistema de seguridad no fuera completamente infalible. Un momento después, él abrió los ojos y miró a todos los que estaban arrodillados a su lado con los ojos entrecerrados.

—Ellie me quiere. ¿No me convierte eso en un cabrón con suerte?

—Se está poniendo bobalicón —observó Tate.

—En este caso, más bien creo que sabe perfectamente lo que está diciendo y tendría que estar de acuerdo con él —dijo Marcus con calma mirando a Ellie—. Gracias por lo que has hecho. No podríamos haberlo logrado sin ti, que no tenías que hacerlo, desde luego.

Ella sonrió a Marcus, a sabiendas de que este hermano de Zane, a quien le gustaba pensar que era desapegado y que solo le importaban cosas superficiales como los autos veloces y las posesiones buenas, tenía más fondo.

—Sí, tenía que hacerlo. Yo también lo amo.

Lara y Tate sonrieron, y Marcus lanzó una mirada satisfecha a Ellie.

—Lo sé.

Zane movió la mano y Ellie la tomó, entrelazando los dedos de ambos.

—Aguanta. La ambulancia está aquí.

—Me pondré bien —argumentó Zane, haciendo amago de levantarse.

Al unísono, Tate y Marcus empujaron a Zane hacia abajo cuando los paramédicos llegaron a echarle un vistazo.

Ellie dio un paso atrás para dejar espacio al personal médico y Lara le rodeó los hombros en señal de apoyo.

—Se pondrá bien. He descubierto que todos los hermanos Colter tienen la cabeza dura. Recibió unos golpes muy duros, pero se recuperará.

Ellie miró hacia la ventana rota y de nuevo a Zane.

—Supongo que podría haber sido peor.

—Pensaste rápido al poneros a salvo de alguna bala perdida —le dijo Lara en voz baja.

—Instinto —dijo Ellie, restándole importancia al cumplido de Lara.

—Amor —respondió ella con una sonrisa.

Ellie le devolvió el gesto.

—Me ama. Zane realmente me ama —dijo. Todavía aturdida por el alivio y por la declaración de Zane, se sintió un poco tonta.

—Lo sé. —Lara repitió las palabras de Marcus—. Otro Colter soltero sale del mercado.

—Todavía quedan Blake y Marcus —le recordó Ellie mientras ella y Lara seguían a los paramédicos una vez que hubieron asegurado a Zane en una camilla y se pusieron en movimiento.

—Blake está casado con su cargo de senador, y Marcus… —La voz de Lara se apagó unos segundos antes de concluir—: ¿Qué mujer lo aguantaría? Tendría que ser capaz de hacerle morder el polvo.

Ellie se rio entre dientes mientras bajaban en ascensor. Agarró la mano de Zane y sintió que le apretaba los dedos débilmente.

En este momento, solo había un Colter a quien con gusto sacaría del mercado de solteros para siempre. Nunca más volvería a ocultar lo que sentía por él. La vida era demasiado corta. Si no lo había aprendido de su propia experiencia, definitivamente lo había hecho por aquel suceso. Ellie sentía que había esperado toda una vida a Zane y no estaba dispuesta a seguir esperando.

Capítulo 19

Ellie se alegraba de que Zane solo se quedara una noche ingresado en el hospital, porque era un paciente terrible. Le hacía gracia que hubiera sido tan insistente en que ella esperase cuando quiso salir del hospital después de su horrible experiencia. Pero, obviamente, él no pensaba que la misma precaución fuera necesaria en su caso. Empezó a quejarse de tener que quedarse una noche en cuanto la doctora consideró necesario dejarlo en observación durante las primeras veinticuatro horas debido a su traumatismo. Se había ido a casa con grapas de sutura en la cabeza y rodeado constantemente de un montón de familiares, todos muy preocupados por él.

Tres días después de que le dieran el alta hospitalaria, Chloe y Gabe pasaron a verlo. Gabe y Zane miraban un partido de béisbol en televisión mientras Chloe y Ellie intentaban hablar de todo lo que les había ocurrido.

—A veces parece que ocurrió hace mucho tiempo —musitó Ellie cuando se sentó a la mesa de la cocina, hablando con Chloe—. Sé que todavía tengo secuelas de lo ocurrido, pero los recuerdos están desvaneciéndose poco a poco. Tal vez porque he tenido muchos buenos recuerdos con tu hermano como para reemplazar los malos.

Chloe suspiró.

—Yo también me siento así a veces. Tenerte de vuelta sigue fresco, pero mi vida con Gabe está borrando el daño que me hizo James.

—¿Realmente eres feliz? —Ellie vaciló en preguntar porque era bastante evidente que Gabe y Chloe se adoraban.

—Mucho. Me salvó la vida. No de la forma en que Zane salvó la tuya, pero sin su apoyo y amor, no estoy segura de dónde estaría ahora. —Chloe dudó antes de preguntar—: Entonces, ¿cuándo es la boda?

Ellie negó con la cabeza.

—No muy pronto. No lo hemos hablado.

Chloe se echó a reír.

—Será pronto. Zane nunca ha esperado por algo que quería. Ahora que sabe que lo amas, querrá ver su anillo en tu dedo.

—Yo no tengo ninguna prisa —dijo Ellie rápidamente.

—Yo sí —argumentó Chloe—. Quiero ser dama de honor antes de terminar embarazada.

Ellie miró a su mejor amiga boquiabierta.

—¿Estáis intentándolo?

—Aún no. Pero estamos planeándolo. Gabe quiere que espere hasta que esté lista. Pero yo creo que ya casi lo estoy. Quiero tener nuestro primer hijo pronto. Con suerte, tendremos más de uno.

Ellie se imaginaba a Chloe de madre sin problemas. Sería increíble.

—Será mejor que yo sea una de las primeras en enterarme cuando te quedes embarazada.

—Sabes que lo serás. No podré esperar para contártelo. Pero, mientras tanto, estoy deseando que llegue tu boda.

—Puedes esperar sentada —le advirtió Ellie. Aunque ella y Zane profesaban su amor todos los días, no estaba segura de que él estuviera listo para dar ese salto todavía.

Chloe se levantó cuando Gabe y Zane entraron en la cocina.

—¿Listo para irnos?

—Cuando tú lo estés —respondió Gabe de buen humor—. No podíamos seguir mirando el partido. Nos estaban dando una paliza.

—Tengo que irme de todos modos. Necesito examinar a un par de caballos —le recordó Chloe a su esposo.

Ellie vio a su mejor amiga hablando con su esposo. Resultaba obvio que estaban hechos el uno para el otro. Podía ver el entendimiento tácito entre ambos, el amor que parecían irradiar sus almas.

Todos se despidieron cuando Gabe y Chloe se fueron, dejando la casa en silencio de nuevo.

—Por fin —pronunció Zane mientras cerraba la puerta y echaba el cerrojo—. Parece que no hemos tenido un minuto a solas desde que volví del hospital.

Habían recibido muchas visitas, principalmente su familia preocupada.

—Se supone que debes estar recuperándote.

Zane todavía tenía puntos y grapas de sutura en la cabeza, pero estaba curándose rápidamente y la mayoría de los moratones en su rostro ya habían desaparecido.

—Estoy recuperado —arguyó, dirigiéndose de nuevo hacia la sala de estar.

Ellie lo siguió.

—No, no lo estás. Siéntate y te preparé algo para cenar.

—Preferiría cenarte a ti —susurró Zane, atrapándola antes de que pudiera volver a la cocina—. Te necesito, Ellie. Te necesito tanto que ya no puedo esperar más. Quiero decirte que te amo mientras estoy muy dentro de ti.

Ellie cayó en su mirada suplicante, el cuerpo anhelante de su posesión. Ella quería lo mismo, pero no quería retrasar su recuperación.

—No solo amo el sexo, Zane. Te amo a ti."

—Yo tampoco quiero solo el sexo. Te quiero, Ellie.

Su expresión era suplicante y ella no estaba segura de poder negárselo. Tomando su mano, lo condujo hacia el sofá. Abriéndole el botón de los pantalones vaqueros, se deshizo de su ropa en un santiamén para empujarlo finalmente sobre el sofá, espectacularmente desnudo.

Intentó no distraerse con su cuerpo perfectamente esculpido, resuelta a no dejarle obstaculizar su recuperación. Pero no era fácil con un hombre tan sexy como Zane Colter, sentado a una distancia de contacto sin la más mínima prenda en su cuerpo musculoso y perfecto.

Por extraño que parezca, el hecho de que estuviera increíblemente bueno no la intimidaba en absoluto. Tal vez se debiera a que sabía que, de no ser tan irresistible, lo desearía tanto como en ese preciso instante.

—Compórtate. Yo haré el esfuerzo —le dijo severamente.

Sus ojos hambrientos la observaban, la verga completamente erecta mientras la miraba descaradamente a medida que ella se desvestía prenda a prenda. Ellie todavía no podía creer que Zane la mirase como si fuera una de las modelos mejor pagadas del mundo, atractiva para él en todos los sentidos. Nunca parecía ver ninguno de sus defectos físicos ni que solo era pasable. Cuando la miraba, Zane la veía con los ojos de un hombre enamorado de ella. Eso era un milagro para Ellie y se le humedecían los ojos de lágrimas porque la amaba tal y como era: aquello era algo que siempre había esperado, pero que nunca había creído que fuera a encontrar.

—Estás matándome —gimió Zane, observando mientras ella se contoneaba hasta quitarse la última prenda: su tanga diminuto.

Ellie avanzó hacia él; sus dedos ansiaban tocarlo para asegurarse de que, aunque algunas lesiones persistían, iba a ponerse bien.

Dejándose caer al suelo, se arrodilló entre sus muslos. Colocando las palmas sobre sus hombros, las dejó deslizarse lentamente por su musculoso torso y abdominales cuadrados, saboreando el calor y la dureza de su cuerpo. Finalmente, tomó su verga rígida, acariciando la suave y sedosa sensación de su miembro. Muy duro, pero increíblemente suave al mismo tiempo.

—Ellie, no voy a aguantar mucho tiempo si no paras —le advirtió Zane con voz ronca.

—No me importa —respondió ella en tono sensual—. No se trata de resistencia. Es sobre cuánto te amo y cuánto sé que podría haberte perdido. Se trata de nosotros.

Ellie bajó la cabeza y lamió la gota de humedad en su glande, deteniéndose para disfrutar de su esencia antes de descender lentamente sobre él con la boca. Su sexo se inundó de deseo húmedo al escuchar el gemido erótico de Zane; su cuerpo ya estaba excitado solo de tocarlo, consciente que él estaba experimentando un placer inmenso con sus caricias.

Él enzarzó las manos en su pelo, acariciándole los rizos y guiándola mientras ella le lamía el miembro, dentro y fuera de la boca, tomando tanto como podía cada vez.

La respiración del hombre se volvió áspera e irregular, sus gemidos más abandonados. Ellie saboreó cada sonido carnal cuando comenzó a conducirla a un ritmo más rápido. Finalmente, él apartó la boca de Ellie de la suya, agarrándola delicadamente por el cabello.

—¡Espera, no! No voy a venirme en tu boca ahora mismo. No es lo que necesitamos ninguno de los dos. —Tomó sus manos y tiró—. Móntame, Ellie. Necesito sentir tu cuerpo contra el mío. Necesito sentirte yéndote conmigo. Lo deseo desde hace días.

Ella también lo deseaba, pero…

—No quiero hacerte daño. —Con cautela, montó a horcajadas sobre su regazo.

«Dios, que rico. Huele bien», pensó.

—Si no me lo haces ya, vas a matarme —dijo, con voz grave y frustrada—. Bésame —insistió en tono autoritario.

Ellie apoyó los brazos sobre sus hombros y sus manos aterrizaron en el respaldo del sofá mientras se inclinaba suavemente y le daba un tierno beso en los labios antes mirarlo a los ojos tumultuosos y decirle en poco más que un susurro:

—Te amo, Zane Colter. No más dudas sobre lo que siento. No quiero tener ningún remordimiento con respecto a ti. Si algo hubiera pasado y nunca te lo hubiera dicho, no podría haber vivido con mi conciencia.

Él deslizó los brazos alrededor de su cuerpo, ascendiendo con su mano suavemente por su trasero y su espalda.

—Si algo te sucede, no creo que quiera vivir —confesó Zane—. Lo lamenté, Ellie. Cuando pensé que Sean iba a liquidarme, lo único que lamenté era no haberte dicho nunca lo que sentía por ti.

Su mano le acarició el cuello y Zane atrajo su boca hacia la suya. El abrazo fue tierno y exigente, dulce y caliente.

Ella gimió y empezó a mover las caderas, frotándose contra su verga en un movimiento inconsciente; no podría parar, aunque quisiera. Ellie quería meterse dentro de él para nunca irse.

Mientras deslizaba la boca de por su cuello, dándole mordisquitos en la piel antes de calmarlos con la lengua, Zane murmuró con voz ronca contra su garganta:

—Ahora, jódeme antes de que me vuelva loco.

Ellie se movió, usando una de las manos para conducirlo hacia ella antes de sumergirlo en su interior lo más suavemente posible.

—Despacito —le advirtió ella.

—Cariño, no creo que haya ninguna manera de evitar que esta cabalgada se ponga dura. —Aferrándose a sus caderas, Zane levantó la pelvis y se hundió más profundamente en su interior—. ¡Ah, sí, sí! —gimió—. Te siento a la perfección, increíble. Tan apretada, tan calentita, Ellie. Eres mía. Creo que siempre has estado destinada a ser mía.

Jadeando cuando él se elevó de nuevo, Ellie le dio una palmada en los hombros para apoyarse, gimiendo cuando él agachó la cabeza y tomó uno de sus pezones en la boca. Sus dientes, labios y lengua jugaban con sus pechos mientras sus manos la guiaban a un ritmo frenético de arriba abajo que estaba enloqueciéndola.

—Dime que me amas ahora —gruñó Zane a medida que batía su cuerpo una y otra vez—. Dime que eres mía. Dime que me necesitas tanto como yo a ti.

Ahogada de placer, ella respondió:

—Te amo. Te necesito. Siempre seré tuya y tú siempre serás mío.

Ellie sentía las mismas emociones posesivas y codiciosas que Zane experimentaba en ese preciso instante, y se abandonó al éxtasis carnal que fluía por sus venas.

Su orgasmo no solo se acercaba; corría hacia ella como un tren a toda velocidad. Sus uñas cortas se clavaron en los hombros de Zane y Ellie echó la cabeza hacia atrás. El cambio de postura hizo que la verga de él se deslizara a lo largo de su clítoris palpitante e, incapaz de aguantar más, Ellie dejó que el clímax sacudiera su cuerpo y las musculosas paredes de su vagina le sacaran el jugo a Zane.

—Sí, cariño. Vente para mí —exigió Zane—. Dios, Ellie, te amo. ¡Te quiero tanto!

El arrobamiento de lo estaba sucediéndole a su cuerpo y la emoción de escuchar la declaración de amor de Zane mientras se movía dentro de ella fue, probablemente, la experiencia más satisfactoria y ardiente que había conocido en toda su vida. Cuando Zane le rodeó el cuello con la mano y la atrajo hacia abajo para morderle la boca con avidez, Elle montó el prolongado clímax, a sabiendas de que Zane estaba a punto de derramarse en lo más profundo de su ser.

Este rompió el feroz abrazo y echó la cabeza hacia atrás, le agarró el trasero y dejó que su ardiente desahogo lo consumiera, haciendo arder a Ellie en llamaradas de pasión y llevándosela consigo.

Capítulo 20

E llie se retiró del regazo de Zane en cuanto recuperó el aliento.
—Creo que te dije que no te movieras.
La carcajada espontánea y profunda de Zane retumbó en la sala de estar.
—¿De verdad esperabas que lo hiciera?
—Sí —respondió ella, sintiéndose un poco ingenua—. Podrías haberte recostado y haberlo disfrutado.
Él atrajo su cuerpo desnudo contra el suyo y la rodeó con el brazo, dejando que reposara la cabeza contra su hombro.
—Eso no va a pasar nunca, corazón.
—¿Por qué?
—Porque te deseo demasiado como para no participar de buena gana.
Había hecho algo más que participar únicamente. Le gustaba tener el control. Tal vez fuera porque, cuando empezaron, Ellie era virgen, pero estaba bastante segura de que solo era su naturaleza.
—¿Te encuentras bien? —preguntó ansiosa. Había sido una sesión brusca y dura, y Zane no estaba completamente recuperado.
—No. Me has dejado destrozado —se protestó de buen humor.
Ellie sonrió; sabía que estaba bien por su tono de voz.

—¿Cómo te sientes acerca de lo ocurrido con Sean? —El mejor hombre en su laboratorio lo había traicionado. Eso tenía que doler.

—Quería matarlo. Pero cuando pienso en lo que tengo, no puedo amargarme. Desearía haber visto las señales de alarma, pero no hubo ninguna. En realidad, todo es un poco surrealista.

Ellie asintió contra su hombro.

—Eso creo yo, también. Lamento mucho que te hiciera daño. —Se refería tanto a física como emocionalmente.

—Sinceramente, ya no me importa una mierda. Va a pudrirse en la cárcel y nosotros seremos felices. Aunque tenemos que hablar de que pusieras tu vida en peligro.

—No, no tenemos que hablar. Haría cualquier cosa por ti —respondió ella, altiva—. Fin de la discusión.

—Ha sido bastante corta —bromeó Zane mientras jugueteaba con un mechón de su cabello.

—Sabes que tú habrías hecho lo mismo.

—Cierto —admitió—. Pero Tate y Marcus deberían haberos dejado a ti y a Lara fuera de todo esto.

Ella lo fulminó con la mirada.

—¿Por qué? ¿Solo porque somos mujeres?

—En absoluto. Solo porque creo que ni Tate ni yo podríamos vivir sin las mujeres a las que amamos. Me habría matado que Sean te hiciera daño, Ell. Sé que Tate siente lo mismo. No sé cómo lo convenció Lara de que la dejara ir.

—Creo que llegaron a un acuerdo. Su participación iba a ser limitada. Lara era agente del FBI, así que sabe usar un arma y puede patear traseros. Creo que ella insistió y Tate no tuvo más remedio que controlar la situación o arriesgarse a que hiciera lo que quisiera. Lara quería ayudar. Ella es así. No podía esperar sentada teniendo las habilidades para ser un refuerzo.

—Supongo —convino él a regañadientes—. No es que no me sienta agradecido de estar vivo, pero no quería ver a nadie que me importa herido por mi culpa.

Ellie le acarició el cuello con cariño.

—El único herido fuiste tú.

—Sobreviviré —bromeó Zane—. Estoy prácticamente curado.

—Espero que estés planeando darte tiempo para recuperarte antes de volver al laboratorio.

—Mi subdirector se ha hecho cargo del puesto de Sean. No tengo planeado apresurarme. Pueden arreglárselas bien sin mí durante un tiempo.

—¿Quieres que vuelva a Denver a ver qué puedo hacer para ayudar al chico nuevo ya que Elena se ha ido? —Ellie no quería dejar a Zane, pero mejor eso que él volviendo al trabajo a toda prisa.

—Ni hablar —objetó Zane ferozmente—. De hecho, he estado pensando en despedirte.

—¿Qué? —preguntó levantando la cabeza para mirarlo—. ¿Por qué? Te he organizado. Te mantengo centrado. He hecho muy buen trabajo.

—Estoy de acuerdo. —Zane le dio un beso delicado en la frente—. Pero tu negocio está remontando y quiero que persigas tus propios sueños, Ell. Te ayudaré y tú me ayudarás desde casa a mantenerme organizado para poder empezar a hacer crecer tu empresa. Lo único que te lo impide es el tiempo. Estás demasiado ocupada cuando tienes que ir a la oficina todos los días.

—Zane, todavía necesito un trabajo. Tengo que mantenerme mientras intento levantar un negocio.

—No, no lo necesitas. —Zane se levantó y fue a buscar sus pantalones, hurgando en su bolsillo hasta que sacó lo que quería.

Ellie lo miró con curiosidad, preguntándose qué estaba haciendo. Zane giró, volvió al sofá y se arrodilló a su lado.

—No es así como lo había planeado. Pensé en toda clase de maneras románticas de hacerlo, pero ahora parece el momento adecuado, aunque estemos desnudos y sudorosos.

La sonrió y el corazón de Ellie se derritió cuando Zane abrió un estuche que contenía un enorme diamante. Al comprender finalmente lo que estaba haciendo el hombre, el corazón le dio saltitos de alegría.

—Cásate conmigo, Ellie. Por favor. Nunca valdré nada sin ti y prometo amarte siempre y ser el mejor hombre que pueda para ti.

Zane no podría ser mejor hombre de lo que ya era. A Ellie se le saltaron las lágrimas cuando miró el anillo de diamante reluciente, abrigado en terciopelo, otra preciosa creación de Mia Hamilton. Intentó hablar, pero no le salían las palabras.

—No digas que no —suplicó Zane apresuradamente cuando ella no respondió—. Si necesitas un poco de tiempo para decidirlo, está bien. Pero no digas que no.

Ella extendió la mano y tocó el hermoso anillo con cuidado, trazando la gema central y los diamantes de acento que la rodeaban.

—Es bonito. Quiero decir que sí.

—Entonces, dilo, joder —protestó Zane, sin cuidar las palabras porque, a todas luces, estaba nervioso.

Ellie aplastó sus viejos complejos acerca de no ser lo suficientemente buena para un hombre como Zane o de que era imposible que la amara realmente. Zane la amaba. Y nadie lo amaría ni atesoraría su amor nunca tanto como Ellie. Se había dado cuenta de que lo único que le impedía hacer realidad sus sueños era ella misma.

—Sí —respondió con un sollozo de felicidad—. ¡Sí! ¡Sí! ¡Sí!

Zane sacó el anillo del estuche y se lo puso en el dedo.

—Has dudado —señaló con cuidado.

—Viejos fantasmas —confesó ella—. Pero creo que los he exorcizado.

Él asintió como si lo comprendiera, y probablemente así era. A veces, Ella y Zane sentían las emociones del otro, de una forma casi increíble.

—No hay nada que quiera más que ser tu esposa —dijo Ellie antes de llevarlo al sofá y besarlo con todo el amor y la alegría que sentía en ese preciso instante.

Este la acurrucó contra su cuerpo cuando finalmente tuvieron que tomar aire.

—Déjame ayudarte a levantar tu negocio, Ellie. Mi laboratorio es mi sueño. También quiero que tú alcances el tuyo.

En muchos sentidos, Zane era su verdadero sueño. Pero ella también quería su negocio desesperadamente.

—Algunos negocios fracasan —le recordó.

—Ellie, tendrás algunas de las mentes más brillantes para los negocios que existen para guiarte. Incluyéndome a mí. Puede que sea un empollón de ciencias, pero mi laboratorio tiene unos ingresos más que saneados. También están Marcus, Gabe y Chloe, y muchos otros amigos increíblemente exitosos en los negocios para darle cualquier consejo que necesites.

—Voy a seguir intentando organizarte —le advirtió.

—Está bien. Es tu punto fuerte y lo necesito. Espero que tú también necesites algunos de mis puntos fuertes.

Ellie le sonrió entre lágrimas. No mencionó que no importaba si su negocio fracasaba o no porque era asquerosamente rico. Tenía fe en ella y no se tomaba a la ligera lo que ella deseaba para sí misma.

—Te necesito todo —susurró Ellie, la voz temblorosa de emoción.

—Me tienes —respondió él con aspereza—. Ahora que has dicho que sí y tienes mi anillo en el dedo, no puedes deshacerte de mí.

Ella asintió con una sonrisa en el rostro.

—Creo que podré aguantarlo.

La besó con tanta ternura y adoración que ella suspiró feliz cuando finalmente, Zane rompió la reunión mágica de sus labios, que era un acto de amor.

Ellie se acurrucó contra Zane, sintiendo una sensación de seguridad completamente nueva para ella, especialmente después de lo que había sufrido. Estaba acostumbrada a estar sola, a cuidar de sí misma. Hasta que Zane la rescató y le mostró qué se sentía al dar y recibir verdadero amor.

Sus inseguridades y sus luchas eran cosa del pasado. Zane era su futuro ahora.

Por una vez en su vida, Ellie se quedó dormida sin preocuparse por lo que traería el mañana. Ahora que tenía a Zane a su lado, Ellie tendría lo único que siempre había querido. Sabría que, independientemente de lo que le deparara el futuro, siempre sería amada.

Epílogo

Seis meses después…

Mientras Blake Colter observaba a Ellie entregando su vida a la de Zane, se sintió inquieto. No es que no se alegrara por Zane, porque estaba contento de que su hermano menor hubiera encontrado a la mujer que quería para el resto de su vida. Ellie y Zane se merecían toda la felicidad que estaban experimentando en ese preciso instante.

Ellie se veía preciosa, con el cabello rubio recogido y el rostro resplandeciente de amor por su novio. Chloe estaba de pie a su lado, muy elegante con su vestido de dama de honor. Marcus estaba al lado de Zane, de pie como su padrino.

Blake no lograba imaginarse cómo sería comprometerse voluntariamente con otra persona por completo, como lo habían hecho Tate y Chloe, y como lo estaba haciendo Zane en ese momento. Sus ambiciones políticas eran su prioridad, lo cual dejaba muy poco espacio en su vida para una relación, aunque pudiera encontrar a una mujer a quien no le impresionara que fuera senador y multimillonario.

Cuando estaba en casa, tenía que atender el negocio del rancho. Cuando estaba en Washington D. C., tenía un trabajo que desempeñar.

Aunque esas dos cosas eran buenas excusas, Blake sabía que la razón principal por la que no estaba seriamente involucrado con una mujer era porque no había encontrado una sin la cual no pudiera vivir. Las mujeres lo usaban porque tenía dinero y un poco de poder político. Él la usaba para el sexo. La verdad era que ni siquiera había encontrado a una mujer que lo mirara como Chloe miraba a Gabe, o como Zane miraba a Ellie.

Blake miró a Ellie y después a Chloe, ambas con aspecto radiante y feliz. Al igual que cuando eran niñas, las dos mejores amigas estaban juntas a menudo, y ahora habían aceptado a Lara en su círculo. Las tres se habían implicado mucho en la fundación de Asha. Le parecía asombroso que dos mujeres que habían resultado tan dañadas ahora estuvieran ayudando a otras mujeres a escapar del infierno por el que ambas habían pasado. Lara, con su formación en psicología, completaba el trío de amigas a la perfección.

La ceremonia terminó enseguida y todos siguieron a los integrantes de la boda a la recepción, que resultaba celebrarse en el mismo lugar: el resort de su madre.

Aileen Colter se quedó encantada al enterarse de que Ellie y Zane se casaban y se había preocupado por cada detalle, ya que la madre de Ellie no había podido estar allí durante la planificación.

Todos pasaron desde el gran salón al salón de baile sin incidentes. Blake siguió a la multitud, con la esperanza de poder comer algo. Había llegado tarde la noche anterior y estaba muerto de hambre.

Antes de poder llenarse un plato de comida, Marcus se acercó a él y le indicó con un gesto de cabeza que se reuniera con él en el exterior. Blake salió al balcón, con Marcus detrás.

El gemelo de Blake no se anduvo con rodeos y fue directo al grano.

—¿Te acuerdas de que te pregunté si me harías un favor si te lo pidiera?

—Sí —respondió Blake con cautela.

—Necesito ese favor.

—¿Ahora? —preguntó Blake malhumorado. Demonios, acababa de volver a casa. Había conseguido tomarse un descanso del Congreso.

—Lo siento. Sé que es mal momento, pero hay vidas en juego en este preciso instante —respondió Marcus en tono sombrío.

—¿Piensas contarme de qué se trata todo esto? —inquirió. Si iba a ayudar, Marcus no podía mantenerlo totalmente en la ignorancia.

—Un poco —convino Marcus—. Pero solo lo que necesitas saber.

Blake negó con la cabeza.

—Todo. Marcus, sé que pasa algo. Hace tiempo que lo presiento. Reconócelo. No se trata solo de cosas de la CIA.

—No. No tiene nada que ver con eso. Mira, quiero contártelo, pero es un año electoral para ti y sé que nunca mentirías. Quizás sea mejor para ti no saber demasiado. Así podrías decir sinceramente que no lo sabías.

—¿Que no sabía qué? Si voy a ayudarte, necesito detalles.

Marcus caminaba de un lado para otro por el pequeño patio, con gesto serio.

—Te lo contaré, si eso es lo que hace falta para que me ayudes.

Blake escuchó mientras Marcus empezaba a explicárselo. Decir que se sorprendió por lo que no sabía acerca de su gemelo era quedarse corto. Había toda una faceta de la vida de Marcus que ni un solo miembro de la familia Colter conocía.

«¿Cuándo perdí la pista a mi hermano gemelo y qué estaba ocurriendo en su vida exactamente? Solíamos compartirlo todo», pensó.

—¿Por qué no me lo contaste antes?

—Porque di mi palabra de que no lo haría.

—Tu plan no funcionará.

—Tiene que funcionar —lo contradijo Marcus—. Sufrir las consecuencias de fallar no es una opción.

Su hermano tenía razón. Si el plan fallaba, podrían perderse vidas.

—Tenéis que entrar a comer —los dirigió Aileen Colter desde la puerta del patio—. Ahora —insistió—. Llegasteis anoche. Tenéis que estar hambrientos.

Blake y Marcus se comunicaron sin palabras mientras abandonaban el patio.

—Ya vamos —dijo Blake lo bastante alto como para que su madre lo oyera. En voz más baja, le dijo a Marcus—: Tenemos que hablar de esto más tarde.

—Nos reuniremos en mi casa cuando termine la recepción —convino Marcus.

—En realidad, tengo hambre —confesó Blake.

—Yo también. Y tenemos una novia y un novio con quienes festejar. Jamás pensé que Zane se casaría.

—Es feliz —informó Blake a su hermano cuando volvieron al salón de baile.

—Ellie también lo es.

Él y Marcus empezaron a llenarse sendos platos en cuanto llegaron a la mesa del bufé. Blake se alejó de su gemelo entre la gran multitud, pero no importaba. Lo vería más tarde aquella noche y, cuando lo hiciera, Blake todavía tenía muchas preguntas para él. Sabía que ayudaría a Marcus, pero no iba a meterse en nada a ciegas. Antes de que terminara la noche, obtendría las respuestas que necesitaba de su gemelo para jugar el peligrosísimo juego que planeaba Marcus.

~*Fin*~

Biografía

J. S. Scott, "Jan", es una autora superventas de novela romántica según *New York Times*, *USA Today*, y *Wall Street Journal*. Es una lectora ávida de todo tipo de libros y literatura, pero la literatura romántica siempre ha sido su género preferido. Jan escribe lo que le encanta leer, autora tanto de romances contemporáneos como paranormales. Casi siempre son novelas eróticas, generalmente incluyen un macho alfa y un final feliz; ¡parece incapaz de escribirlas de ninguna otra manera! Jan vive en las bonitas Montañas Rocosas con su esposo y sus dos pastores alemanes, muy mimados, y le encanta conectar con sus lectores.

Visita mi sitio de Internet:

http://www.authorjsscott.com

Facebook:
http://www.facebook.com/authorjsscott

Facebook Español:
https://www.facebook.com/JS-Scott-Hola-844421068947883/

Me puedes mandar un Tweet:
@AuthorJSScott

Twitter Español:
@JSScott_Hola

Instagram:
https://www.instagram.com/authorj.s.scott/

Instagram Español:
https://www.instagram.com/j.s.scott.hola/

Goodreads:
https://www.goodreads.com/author/show/2777016.J_S_Scott

Recibe todas las novedades de nuevos lanzamientos, rebajas, sorteos, inscribiéndote a nuestra hoja informativa en:
http://eepurl.com/KhsSD

Otros Libros de J. A. Scott

Visita mi página de Amazon España y Estados Unidos, en donde podrás conseguir todos mis libros traducidos hasta el momento.

Estados Unidos: https://www.amazon.es/J.S.-Scott/e/B007YUACRA
España: https://www.amazon.es/J.S.-Scott/e/B007YUACRA

Serie La Obsesión del Multimillonario:

La Obsesión del Multimillonario ~ Simon (Libro 1)
La colección completa en estuche
Mía Por Esta Noche, Mía Por Ahora
Mía Para Siempre, Mía Por Completo

Corazón de Multimillonario ~ Sam (Libro 2)
La Salvación Del Multimillonario ~ Max (Libro 3)
El juego del multimillonario ~ Kade (Libro 4)
La Obsesión del Multimillonario ~ Travis (Libro 5)
Multimillonario Desenmascarado ~ Jason (Libro 6)
Multimillonario Indómito ~ Tate (Libro 7)
Multimillonaria Libre ~ Chloe (Libro 8)
Multimillonario Intrépido ~ Zane (Libro 9)

Serie de Los Hermanos Walker:

¡DESAHOGO! ~ Trace (Libro 1)
¡VIVIDOR! ~ Sebastian (Libro 2)